KB247871

Hermann Karl Hesse

(1877. 7. 2 ~ 1962. 8. 9)

버금세계명작시리즈

살면서 꼭 읽어야 할
데미안

헤르만 헤세 / 김지영 옮김

데미안

목차

나는 그저 내 안에서
저절로 우러나오는 대로 살아가고자 했을 뿐이다.
그런데 그것이 왜 그토록 어려웠을까?

내 이야기를 하려면 한참 전으로 돌아가야 한다. 가능하다면 훨씬 더 먼 과거로 거슬러 올라가 내 유년의 초창기부터, 그리고 그보다 더 먼 나의 근원까지 거슬러 올라가야 한다.

작가들은 소설을 쓸 때 마치 자신들이 신이라도 되는 것처럼 어떤 사람의 이야기를 완벽하게 꿰뚫어 파악하고, 마치 신이 자신에게 말해 주기라도 한 듯 그런 이야기를 숨김없이 어디서나 묘사할 수 있는 것처럼 굴곤 한다. 그러나 작가들이 그렇게 할 수 없듯이 나 또한 그렇게 할 수 없다. 그 어떤 작가의 이야기보다 나에게는 내 이야기가 중요하다. 나 자신의 이야기이며 한 인간의 이야기이기 때문이다. 가공의 인물 또는 그럴듯한 이상적인 인물이나 존재하지 않는 인물의 이야기가 아니라 진짜로 살아 있는 유일무이한 인간의 이야기. 그러나 오늘날에는 진짜로 살아 있는 인간이란 대체 무엇인지 그 어느 때보다도 잘 알지 못한다. 게다가 하나하나가 소중하고, 자연의 단 한 번의 시도인 인간들을 총으로 쏴서 대량으로 죽여 버린다. 만약 우리가 일회적인 인간 이상의 존재가 아니라면 정말 우리 모두를 총알 하나로 이 세상에서 완전히 없애 버릴 수 있을 것이고, 그렇게 되면 이야기를 한다는 것은 더 이상 아무런 의미가 없을 것이다. 그러나 모든 사람은 그 자신일 뿐만 아니라 유일무이하고 아주 특별하며, 이 세계의 현상들은 다시는 일어나지 않고 오직 단 한 번만 교차하는 신비한 지점이다. 그렇기 때문에 한 사람 한 사람 모두의 이야기는 중요하고 영원하고 신성하며, 이 세상에 어떻게든 살아가면서 자연의 의지를 실현하는 사람들은 다 경이로우며 충분히 주목받을 만한 가치가 있다. 각자의 내면에서 정신은 형상이 되었고, 피조물이 고통을 받으며, 구세주가 십자가에 못 박혀 있다.

 오늘날 인간이 무엇인지 아는 사람은 별로 없다. 많은 사람이 그것을 느끼고 있으며 그렇기 때문에 좀 더 쉽게 죽음을 맞이하니, 나도 이 이야기를 다 쓰고 나면 좀 더 홀가분하게 죽음을 맞이할 것이다.

 나는 감히 스스로를 아는 자라고 말할 수 없다. 나는 구도자였으며 여전히 그렇지만 나는 더는 별이나 책에서 답을 찾지 않고 나의 내면에서 내 피가 들려주는 가르침에 귀를 기울이기 시작했다. 나의 이야기는 유쾌하지 않고 지어낸 이야기들처럼 달콤하거나 조화롭지도 않으며, 자신을 더 이상 속이려고 하지 않는 사람들의 삶처럼 불합리와 혼란, 광기와 꿈의 맛이 난다.

 모든 사람의 삶은 각자 자기 자신에게 이르는 길이다. 그 길을 가려는 시도이며 좁은 길로의 암시다. 일찍이 그 누구도 온전히 자기 자신이었던 적은 없다. 그렇지만 누구나 그렇게 되기 위해 애쓴다. 어떤 사람은 모호하게, 또 어떤 사람은 명료하게 각자만의 방법으로 그렇게 되려고 애쓴다. 누구나 자기 출생의 흔적들, 태고의 점액과 껍질을 끝까지 지니고 다닌다. 어떤 이들은 끝까지 사람이 되지 않고 개구리, 도마뱀, 개미에 머문다. 또 어떤 이들은 상체는 인간이고 하체는 물고기다. 그러나 누구나 인간이 되기를 지향하며 창조된 자연의 산물이다. 우리는 공통된 근원인 어머니가 있고, 모두가 같은 심연에서 나왔다. 하지만 심연의 시도이자 산물인 인간은 누구나 각자의 목적을 향해 나아간다. 우리는 서로를 이해할 수는 있으나 해석할 수 있는 것은 오직 자기 자신뿐이다.

두 세계

내가 열 살 때 작은 도시의 라틴어 학교에 다니던 시절의 체험으로 이야기를 시작하려 한다.

그 시절의 많은 기억을 새록새록 떠올리면 아픔과 기분 좋은 전율이 마음을 뒤흔든다. 어두운 골목과 밝은 집, 탑들, 시간을 알리는 종소리, 사람들의 얼굴, 안락함과 따뜻함으로 가득 찬 방들, 비밀과 유령에 대한 깊은 두려움으로 가득 찬 방들. 따뜻하고 협소한 방의 냄새, 토끼와 하녀들의 냄새, 그리고 민간요법에 쓰이는 약재와 말린 과일 향기가 난다. 그곳에는 두 세계가 뒤섞여 공존하였고, 두 극단에서 낮과 밤이 찾아왔다.

한 세계는 아버지의 집이었다. 그러나 사실 그 세계는 더 협소하게 부모님만을 포함한 것이었다. 나는 이 세계의 대부분을 잘 알고 있으며, 이 세계의 이름은 어머니와 아버지 혹은 사랑과 엄격함, 모범과 학교였다. 온화한 광채, 맑음과 청결함의 세계였으며, 여기에는 부드럽고 다정한 대화, 깨끗하게 씻은 손, 깔끔한 옷차림 그리고 올바른 예의범절이 깃들어 있었다. 아침에는 찬송가를 불렀고 크리스마스에는 함께 모여 잔치를 열었다. 이 세계에는 미래로 향하는 곧은 선과 길이 있었고 의무와 죄, 양심의 가책과 회개, 용서와 선의, 사랑과 존경, 성경 말씀과 지혜가 있었다. 맑고 깨끗하고 아름답고 질서가 잡힌 인생을 살고 싶다면 이 세계를 따라야만 했다.

또 다른 세계는 이미 우리 집 한가운데서 시작된 완전히 다른 세계였다. 냄새도 달랐고 말투도 달랐으며 기대하고 요구하는 것도 달랐다. 이 두 번째 세계에는 하녀와 수습공, 귀신 이야기와 추잡한 소문들이 있었으며 끔찍하고 무시무시하지만 유혹적인 것, 온갖 수수께끼 같은 것들이 있었다. 도살장과 감옥, 술에 취하거나 악다구니를 부리는 여자들, 새끼를 낳는 암소, 쓰러진 말들, 강도의 침입과 살인 그리고 자살 등의 이야기가 있었다. 이런 아름답고도 무시무시하고, 거칠고 끔찍한 일들이 사방에 있었다. 바로 옆 골목, 바로 옆집에 있었다. 말단 경찰과 부랑자들이 길거리에 돌아다녔으며, 술에 취한 남자가 아내를 두들겨 패고, 저녁이 되면 공장에서 젊은 아가씨들이 우르르 쏟아져 나왔다. 노파는 사람들에게 마법을 걸거나 병이 들게 할 수 있었으며 숲에는 도적 떼가 살고 있었고 방화범은 경찰에 붙잡혔다. 이 두 번째, 격렬한 세계는 어딜 가나 넘쳐 나고 냄새를 풍겼다. 어머니와 아버지가 있는 우리 집 방만 빼고는. 이곳에 평화, 질서와 평온, 의무와 양심의 가책, 용서와 사랑이 있다는 것이 경이로웠다. 그리고 소란스럽고 시끌벅적한 것, 어두운 것과 폭력적인 것이 존재하지만 한달음에 어머니의 품으로 피신할 수 있는 것 또한 경이로웠다.

가장 기이했던 것은 이 두 세계의 경계가 맞닿아 있고 너무나 가까이에 존재했다는 것이었다. 예를 들면 우리 집 하녀 리나는 저녁 예배 시간에 거실 문가에 앉아 깨끗하게 씻은 손을 매끈하게 다린 앞치마 위에 올리고 밝은 목소리로 노래를 따라 부를 때면 아버지와 어머니, 우리와 함께 밝고 올바른 세계에 속했다. 하지만 부엌이나 외양간 같은 곳에서 나에게 목이 잘려 머리가 없는 남자에 대한 얘기를 들려주거나 조그만 푸줏간에서 이웃집 여자들과 말다툼을 벌일 때의 그녀는 다른 세계에 속한, 비밀에 둘러싸인 사람이 되었다. 모든 것이 이런 식이었다. 특히 나 자신이 그랬다. 나는 물론 밝고 올바른 세계에 속했고 우리 부모님의 자식이었다. 하지만 나의 눈과 귀가 어디로 향하든지 다른 세계는 존재했다. 때로는 낯설고 무섭고 자주 양심의 가책과 불안을 느꼈지만, 나는 다른 세계에도 살고 있었다. 심지어 나는 이 금지된 세계에서 사는 것이 가장 좋을 때도 있었으며, 아무리 필요하고 좋다고 해도 밝은 세계로 돌아오는 것이 덜 아름답고 지루하고 황량한 곳으로 돌아가는 것처럼 느낄 때가 많았다. 나는 알고 있었다. 내 인생의 목표가 아버지와 어머니처럼 밝고 맑고 뛰어나고 단정하게 되는 것임을. 하지만 그렇게 되기까지는 갈 길이 멀었고 한참이나 더 학교에 다니고 대학에 가서 공부하고 온갖 시험도 치러야 한다. 그 길은 언제나 또 다른 어두운 세계 옆을 지나가거나 통과해야 해서 그곳에 머무

르거나 빠져드는 것이 전혀 불가능한 일은 아니었다. 나는 그런 탕자들에 대한 이야기를 아주 열심히 읽었다. 이런 이야기에서는 언제나 아버지의 선한 세계로 돌아오는 것이 구원이자 위대한 일이었다. 나도 그것만이 옳고 선하고 바람직하다고 생각은 했지만 악당과 탕자가 등장하는 부분이 훨씬 더 내 마음을 사로잡아서, 솔직히 탕자가 회개하고 다시 돌아온 것이 때로는 안타깝기도 했다. 하지만 이런 것을 말은커녕 생각조차 드러낼 수 없었다. 그저 예감이나 가능성으로서 감정의 밑바닥에 막연하게 존재할 뿐이었다. 나는 악마를 상상할 때마다 저 아래쪽 거리에 있는 모습을 아주 생생하게 떠올렸다. 변장을 하거나 혹은 하지 않고 시장, 선술집 같은 곳에 있는 모습은 상상할 수 있었지만 우리 집에 있다고는 절대 상상할 수 없었다.

누나들 역시 밝은 세계의 사람들이었다. 누나들은 본질적으로 부모님과 더 가까운 사람들이라는 생각이 자주 들었다. 누나들은 나보다 더 착하고 예의가 바르고 실수가 없었다. 물론 결점이나 나쁜 버릇도 있었지만, 나만큼 심각한 정도라고 생각되지는 않았다. 어두운 세계에 훨씬 더 가깝게 서서 악과의 접촉에 힘들고 고통스러워하는 나와는 달랐다. 누나들은 부모님과 마찬가지로 아끼고 존중해야 할 존재였으며, 누나들과 다툰 후에 양심에 비춰 보면 더 나쁘고, 원인을 제공하고, 용서를 빌어야 하는 사람은 언제나 나였다. 누나들을 모독하는 것은 부모님, 선한 것과 계율에 대한 모독이기 때문이다. 누나들보다는 오히려 가장 불량한 거리의 부랑아들과 함께 나눌 수 있는 비밀들이 있었다. 밝고 양심에 꺼릴 것이 없는 좋은 날에는 착하고 점잖게 누나들과 함께 놀면서 착하고 고귀해진 스스로를 보는 것은 상당히 유쾌한 일이었다. 천사라면 바로 이런 모습이어야 할 것이다! 그것은 우리가 아는 가장 고귀한 것이었고 크리스마스나 행복처럼 밝은 울림과 향기에 둘러싸인 천사가 되는 것이야말로 달콤하고도 멋진 일이었다. 그런데 그런 시간과 날은 얼마나 드물게 찾아왔던가! 우리에게 허용된 위험하지 않은 놀이를 할 때면 나는 자주 지나친 열정과 과격함에 휩싸여 누나들이 힘들어했고 결국 다툼과 불행으로 이어지곤 했다. 내가 분노에 휩싸일 때면 끔찍하게 돌변해 버려서 행동하고 말하는 동안 이미 사악한 짓을 하고 있다는 것을 깊고 뜨겁게 느꼈다. 그런 다음에는 후회와 뉘우침으로 점철된 힘들고 어두운 시간이 찾아왔다. 이후 용서를 구하는 고통스러운 순간이 찾아온 후에야 다시 밝은 빛줄기가 찾아왔다. 고요하고 갈등이 없는 고마운 행복이 몇 시간 혹은 잠깐 이어졌다.

나는 라틴어 학교에 다녔는데 같은 반이었던 시장의 아들, 산림 감독관의 아들과 이따금 어울렸다. 거칠기는 해도 선한 세계에 속하는 아이들이었다. 하지만 나는 평소에 우리가 무시하곤 하는 이웃 아이들, 공립 초등학교에 다니는 아이들과 가깝게 지냈다. 그들 중 한 명과 얽힌 내 이야기를 시작하려 한다.

 수업이 없는 어느 날 오후(내가 갓 열 살이 지났을 때였다.) 나는 이웃에 사는 두 친구와 함께 어슬렁거리고 있었다. 그때 우리보다 더 큰 아이가 나타났다. 공립 초등학교에 다니는 열세 살쯤 된 힘도 세고 거친 재단사의 아들이었다. 술꾼인 아버지를 비롯해 가족 전체의 평판이 별로 좋지 않았다. 나는 프란츠 크로머를 익히 잘 알고 두려워했기 때문에 그 애가 우리 사이에 불쑥 끼어든 것이 달갑지 않았다. 벌써 그는 제법 어른 티가 났고 젊은 공장 근로자들의 걸음걸이와 말투를 흉내 내고 다녔다. 그는 우리를 이끌고 다리 옆 강가로 내려가 첫 번째 다리 아치 밑으로 들어가 세상으로부터 몸을 숨겼다. 아치형의 다리와 졸졸 흐르는 강물 사이에 있는 좁은 강기슭에는 온갖 쓰레기, 유리 파편과 잡동사니, 녹슨 철사 뭉치와 그 밖의 쓰레기들이 어지럽게 널려 있었다. 그곳에서 가끔 쓸 만한 물건들을 발견하곤 했다. 우리는 프란츠 크로머의 지시에 따라 그곳을 샅샅이 뒤진 후 찾아낸 것을 그에게 보여 줘야 했다. 그러면 그는 우리가 찾은 물건을 자기 호주머니에 넣거나 강물에 던져 버렸다. 그는 우리에게 납, 황동 또는 주석으로 된 물건들이 있는지 잘 찾아보라고 지시하고 그런 물건들을 모조리 자기가 챙겼으며 뿔로 된 낡은 빗도 챙겨 넣었다. 나는 그와 함께 있는 것이 상당히 불안했다. 그와 어울리는 것을 아버지가 아시면 금지할 것이 분명할뿐더러 프란츠 자체에 대한 두려움 때문이었다. 하지만 그가 나를 끼워 주고 다른 애들처럼 대해 주는 것이 내심 기뻤다. 그는 명령하고 우리는 복종했다. 나는 그와 어울린 것이 처음이었는데도 아주 오랫동안 그래 왔던 것처럼 느껴졌다.

마침내 우리는 바닥에 털썩 주저앉았고 프란츠는 강물에 침을 뱉었는데 그 모습이 꼭 어른 같았다. 그는 잇새로 침을 뱉어서 원하는 곳을 다 맞출 수 있었다. 어쩌다가 얘기가 시작되었고 아이들은 학생으로서 저지른 온갖 무용담과 못된 장난들을 자랑삼아 늘어놓았다. 나는 아무 말도 하지 않았지만 오히려 그게 눈에 띄어 크로머의 분노를 사지 않을까 두려웠다. 나와 함께 있던 두 친구는 처음부터 내게서 멀찍이 떨어져 완전히 크로머의 편이 되었다. 나는 그 속에서 이방인이었으며 나의 옷차림과 태도가 그들의 눈에 거슬릴 수 있다는 사실을 깨달았다. 라틴어 학교에 다니는 데다 좋은 집안의 아들인 나를 프란츠가 좋아할리 만무했고 나머지 두 친구는 여차하면 나에게 등을 돌리고 내가 곤경에 처해도 모르는 척 내버려 둘 것임을 잘 알고 있었다.

너무 두려운 나머지 나도 결국 이야기를 시작했다. 내가 엄청난 도둑질을 했다며 이야기를 꾸며내 버렸다. 모퉁이에 있는 물레방앗간 집 정원에서 친구랑 사과를 한 자루 가득 훔쳤다고 얘기했다. 자루 안에는 보통 사과가 아니라 최고급 품종인 레네트와 골트파르메네가 가득했다고 자랑했다. 순간의 위험을 모면하기 위해 이야기를 시작했지만 능숙하게 지어낼 수 있었다. 얼마 못가 이야기가 끊겨서 더 난처해지지 않도록 이야기를 지어내는 실력을 맘껏 발휘했다. 한 명은 망을 보고 한 명은 나무 위에 올라가 사과를 아래로 던졌다고 열심히 얘기했다. 사과를 담은 자루가 너무 무거워서 결국 자루를 다시 열어서 반은 놔두고 와야 할 정도였지만 30분 후에 다시 찾아가서 남겨 둔 사과마저 들고 왔다고 말했다.

나는 이야기를 다 마쳤을 때 어느 정도의 호응을 기대했다. 몸이 뜨겁게 달아올랐고 이야기를 지어내는 데 완전히 도취해 있었다. 그러나 두 친구는 말없이 멀뚱히 기다렸고 프란츠 크로머는 실눈을 뜨며 나를 뚫어지게 쳐다보더니 위협적인 목소리로 나에게 물었다.

"그게 정말이야?"

"당연하지."

내가 말했다.

"그러니까 실제로 있었던 일이란 말이지?"

"그래. 실제로 있었던 일이라니까."

나는 속으로는 두려움에 숨이 막힐 지경이었지만 뻔뻔하게 힘주어 말했다.

"맹세할 수 있어?"

나는 소스라치게 놀랐지만 곧바로 그렇다고 대답했다.

"그럼 하느님과 영혼의 행복을 걸고 맹세한다고 말해!"

나는 말했다.

"하느님과 영혼의 행복을 걸고 맹세해."

"그렇군."

그는 이렇게 말하며 나에게서 몸을 돌렸다.

나는 이것으로 모든 게 잘 끝났다고 생각하고 그가 곧 자리에서 일어나 돌아갈 채비를 하자 내심 기뻤다. 다리에 다다랐을 때 나는 이제 그만 집에 가야 한다고 조심스럽게 말했다.

"뭘 그렇게 서둘러."

프란츠가 웃었다.

"어차피 우린 집으로 가는 길이 같잖아."

그는 어슬렁거리며 계속 걸어갔고 나는 감히 벗어나 다른 길로 갈 용기가 없었다. 그는 정말로 우리 집을 향해 걸어가고 있었다. 집 앞에 다다르고 현관문과 묵직한 황동 손잡이, 창문에 비친 햇살 그리고 어머니 방의 커튼이 눈에 들어오자 나는 깊이 안도의 한숨을 내쉬었다. 아, 집에 왔구나! 아, 밝고 평화로운 집으로 무사히 돌아왔구나!

내가 재빨리 문을 열어 안으로 쏙 들어가 문을 닫으려는 찰나 프란츠 크로머가 문을 밀고 안으로 들어왔다. 안마당에서만 빛이 들어오는 서늘하고 어두침침한, 타일이 깔린 복도에서 그는 내 팔을 붙잡고 나직이 속삭였다.

"그렇게 서두를 거 없잖아!"

깜짝 놀란 나는 그를 쳐다보았다. 내 팔을 움켜쥔 손아귀 힘이 강철 같았다. 나는 그가 무슨 속셈인지, 혹시 나를 괴롭히려는 것인지 가늠해 보았다. 만약 내가 지금 큰 목소리로 격렬하게 소리를 지르면 위층에서 누군가가 재빨리 내려와 나를 구해 줄 수 있을까? 하지만 나는 단념했다.

"왜 그래?"

나는 물었다.

"나한테 원하는 게 뭐야?"

"별거 아니야. 그냥 너한테 뭐 좀 물어보려고. 다른 애들까지 다 들을 필요는 없잖아."

"그래? 나한테 뭘 물어보려는 건데? 나는 그만 올라가 봐야 해."

"너 알고 있지?"

프란츠가 나직이 속삭였다.

"모퉁이 물레방앗간에 있는 과수원이 누구네 것인지 말이야."

"아니, 난 모르겠는데. 아마 물레방앗간 주인 것이겠지."

프란츠가 내 어깨에 팔을 두르고 자기 쪽으로 바짝 끌어당기는 바람에 그의 얼굴을 아주 밀착해서 볼 수밖에 없었다. 눈은 악의로 가득 차 있었고 음흉한 미소를 지었으며 잔인함과 위력으로 가득한 얼굴이었다.

"꼬마야, 나는 그 과수원이 누구네 것인지 알고 있지. 그 집에서 오래전부터 사과를 도둑맞아 왔다는 것도 알아. 그리고 주인이 과일을 훔쳐 가는 놈이 누군지 알려 주는 사람들한테 2마르크씩 주기로 했다는 것도."

"이런 맙소사!"

나는 소리쳤다.

"설마 너 그 주인한테 말하려는 건 아니겠지?"

그의 명예심에 호소한다 해도 소용없다는 것을 느꼈다. 다른 세계에 속한 그에게 배신은 범죄가 아니었다. 나는 그것을 정확히 느꼈다. 이런 일에 있어서 '다른' 세계에 속한 사람들은 우리와 같지 않았다.

"말하지 말라고?"

크로머는 웃음을 터트렸다.

"이봐, 친구, 너는 내가 2마르크를 직접 만들어 낼 수 있는 화폐 위조범이라도 되는 줄 알아? 나는 가난한 놈이고 너처럼 부자 아버지도 없잖아. 2마르크를 벌 기회가 있으면 벌어야지. 어쩌면 주인이 돈을 좀 더 얹어 줄지도 모르고."

그는 갑자기 나를 놓아주었다. 우리 집 복도에서 더 이상 평화와 안전의 냄새가 풍기지 않았다. 나를 둘러싼 세계가 무너져 버렸다. 그는 나를 고발할 것이고 나는 범죄자가 되고, 그 사실은 아버지의 귀에도 들어갈 것이고 어쩌면 경찰까지 출동할지도 모른다. 모든 혼돈의 공포가 나를 위협했으며 모든 추악하고 위험한 것들이 나에게 맞서고 있었다. 내가 훔치지 않았다는 사실은 전혀 중요하지 않았다. 게다가 나는 맹세까지 하지 않았던가. 세상에, 이런 맙소사!

나는 눈물이 핑 돌았다. 나는 다른 것을 줘서라도 어떻게든 무마해야겠다는 생각에 절망적으로 모든 주머니를 샅샅이 뒤졌다. 사과도, 주머니칼도 아무것도 없었다, 그때 문득 시계가 떠올랐다. 작동하지 않지만 내가 '그냥' 들고 다니는 오래된 은시계였다. 할머니에게 물려받은 시계였다. 나는 얼른 시계를 꺼냈다.

"크로머, 내 얘기 좀 들어 봐. 나를 고발하지 말았으면 좋겠어. 대신 너한테 이 시계를 줄게. 미안하지만 이거 외에는 아무것도 없어. 이 시계 가져. 은으로 만든 아주 좋은 시계야. 조금 고장이 나기는 했지만 수리하면 괜찮을 거야."

그는 미소를 짓더니 큼직한 손으로 시계를 받았다. 나는 그의 손을 바라보며 그의 손이 얼마나 거칠고 적대적인지 느꼈고 그 손은 나의 삶과 평화를 움켜쥐려고 했다.

"은으로 만든 시계야."

나는 움츠러들며 말했다.

"난 은이고 뭐고 네 시계 따위는 관심 없어!"

그는 경멸적으로 말했다.

"시계는 너나 고쳐 쓰든지 말든지 해!"

"하지만 프란츠."

나는 그가 그냥 가 버리지 않을까 두려워 떨리는 목소리로 말했다.

"잠깐 기다려 봐! 이 시계를 가지라니까! 이 시계는 진짜 은으로 만든 거야. 그리고 난 이거밖에는 가진 게 없어."

그는 싸늘하고 경멸적인 눈초리로 나를 쳐다보았다.

"너는 내가 지금 누구한테 가려고 하는지 아는 모양이군. 아니면 경찰한테 말할 수도 있어. 내가 경찰 아저씨를 잘 알거든."

그가 가려고 몸을 돌렸다. 나는 그의 옷소매를 붙잡았다. 그냥 가도록 할 수는 없었다. 그가 그렇게 가 버리고 장차 벌어질 일들을 감당하느니 차라리 죽는 것이 나았다.

"프란츠."

나는 흥분해서 쉰 목소리로 애원했다.

"그런 어리석은 짓은 제발 하지 말아 줘! 지금 나한테 그냥 장난치는 거지?"

"그럼. 장난이지. 그렇지만 너한테는 아주 값비싼 장난이 될 수도 있겠지."

"프란츠, 내가 어떻게 하면 되는지 말해 줘! 무슨 일이든지 다 할게!"

그는 가늘게 뜬 눈으로 나를 쳐다보더니 다시 웃음을 터트렸다.

"바보처럼 굴지 마!"

그는 다정한 척하며 말했다.

"너도 나만큼이나 잘 알고 있잖아. 내게 2마르크를 벌 기회가 생겼고 그걸 그냥 포기할 만큼 내가 부자가 아니라는 것을 말이야. 하지만 넌 부자야. 시계도 갖고 있잖아. 그러니까 너는 그냥 나한테 2마르크를 주면 되는 거야. 그럼 모든 게 잘 해결되는 거라고."

나는 그의 논리를 이해했다. 그런데 2마르크라니! 그 돈은 나에게 10마르크, 100마르크, 1,000마르크만큼이나 손에 넣을 수 없는 큰돈이었다. 나는 돈이 없었다. 어머니 방에 둔 작은 저금통이 있기는 했지만, 그 안에는 삼촌이나 다른 손님들이 오셨을 때 받은 10페니히와 5페니히짜리 동전 몇 개만 들어 있을 뿐이었다. 그 외에 가진 돈은 전혀 없었다. 그 나이에는 아직 용돈을 받지 못했다.

"난 아무것도 없어."

나는 슬픈 목소리로 말했다.

"난 가진 돈이 없어. 하지만 다른 건 너한테 다 줄게. 인디언 책도 있고, 장난감 병정도 있고 나침반도 있어. 내가 다 가져다 줄게."

크로머는 뻔뻔하고 악랄해 보이는 입술을 씰룩거리고는 바닥에 침을 뱉었다.

"헛소리하지 마!"

그가 명령조로 말했다.

"그런 거지 같은 잡동사니는 너나 가져. 나침반이라니! 나를 더 이상 화나게 하지 마. 알아들었어? 돈이나 가져오라고."

"하지만 난 돈이 없어. 돈을 받아 본 적이 없어. 그런데 나보고 어쩌라고!"

"어쨌든 내일 나한테 2마르크를 가지고 와. 학교가 끝나고 저 아래 있는 시장에서 기다릴게. 그럼 되는 거야. 만약 돈을 가져 오지 않으면 어떻게 되는지 두고 보자고!"

"나더러 대체 어디서 돈을 구해 오라는 거야? 맙소사. 나는 돈이 정말 한 푼도 없는데……."

"네 집에는 돈이 충분히 있잖아. 가져오고 안 가져오고는 네 일이지. 어쨌든 내일 학교 끝나고 보자고. 말해 두지만, 만약 안 가져오면……."

그는 매서운 눈초리로 나를 쏘아보고는 또다시 침을 뱉고 그림자처럼 사라졌다.

나는 위층으로 올라갈 수가 없었다. 내 삶은 산산조각이 나 버렸다. 이대로 도망쳐서 다시는 돌아오지 않거나 물에 빠져 죽어 버릴까도 생각해 보았다. 하지만 구체적으로 생각한 것은 아니었다. 나는 어둠 속에 우리 집 계단 맨 아래에 웅크리고 앉아 한없이 불행한 생각 속에 빠져들었다. 그때 리나가 바구니를 들고 장작을 가지러 내려오다가 울고 있는 나를 발견했다.

위층으로 올라가면 아무 말도 하지 말아 달라고 리나에게 부탁하고는 계단을 올라갔다. 유리문 옆 옷걸이에는 아버지의 모자와 어머니의 양산이 걸려 있었다. 이 물건들을 보자마자 마침내 내가 포근한 안식처에 왔다는 생각이 물밀듯이 밀려왔다. 돌아온 탕자가 옛 고향 집을 둘러보고 냄새를 맡기라도 한 것처럼 간절하고 감사한 마음이 들었다. 하지만 그 모든 것이 이제 더 이상 내 것이 아니었다. 이것들은 아버지와 어머니의 밝은 세계의 것이었다. 나는 죄를 지은 채 낯선 물결 속으로 깊이 빠져 버렸고, 모험과 죄악에 휘말렸으며 적에게 위협을 받고 있으며 위험과 두려움과 수치가 나를 기다리고 있었다. 모자와 양산, 질 좋고 고풍스러운 사암석 바닥, 복도 장식장 위에 걸려 있는 커다란 그림, 그리고 저쪽 거실에서 들려오는 누나의 목소리. 이 모든 것이 그 어느 때보다 더 사랑스럽고 다정하고 소중했으나 이제 나에게 더 이상 위안이나 안전한 자산이 아니라 질책처럼 다가왔다. 이 모든 것은 이제 더 이상 내 것이 아니었고 나는 더 이상 그 청명함과 고요함에 낄 자리가 없었다. 나는 매트에 아무리 문질러 대도 닦이지 않는 더러운 것을 발에 묻히고 들어와 버렸으며 고향의 세계에 알지 못하는 어두운 그림자를 드리우게 한 것이다. 지금껏 내가 아무리 많은 비밀을 간직하고 아무리 많은 두려움에 휩싸였다고 해도 오늘 내가 이 방 안으로 달고 들어온 것에 비하면 그것은 단지 장난이나 농담에 불과했다. 운명이 나를 뒤쫓고 나를 향해 두 손을 뻗고 있었다. 어머니조차도 나를 그 손길로부터 지켜 줄 수 없었고 그것에 관해 알아서도 안 되었다. 나의 범죄가 도둑질이든 거짓말이든 간에(내가 하느님과 영혼의 행복을 걸고 거짓 맹세를 하지 않았던가?) 어차피 매한가지였다. 나의 죄는 이것이나 저것이 아니라 악마에게 손을 내주었다는 것이었다. 나는 어쩌자고 같이 갔던 것일까? 나는 왜 아버지보다도 크로머의 말에 더 귀를 기울였던 것일까? 나는 왜 도둑질 이야기를 지어냈을까? 무슨 영웅담이라도 되듯이 범행 이야기를 하며 으스댄 것일까? 이제 악마는 내 손을 잡았고 적이 나를 뒤쫓고 있었다.

한순간 나는 더 이상 내일에 대한 두려움보다는, 나의 길이 이제 점점 내리막길로 향하고 암흑 속으로 치닫게 되리라는 무서운 확신에 사로잡혔다. 나의 잘못은 또 다른 잘못을 불러올 것이고, 누나들 곁에 있고 부모님에게 인사하며 입 맞추는 것이 거짓이 될 것이며 내가 속으로 감춰야 하는 운명과 비밀을 지니게 되었다는 것을 분명하게 느꼈다.

아버지의 모자를 바라보자 내 마음속에 문득 신뢰와 희망이 떠올랐다. 나는 아버지에게 모든 것을 털어놓은 후 판결과 벌을 달게 받고, 아버지를 나의 모든 비밀을 아는 구원자로 만들 것이다. 지금까지 그래 왔던 것처럼 반성하고, 힘들고 괴로운 시간이 되겠지만 후회하는 모습을 보이고 용서해 달라고 간청하면 될 것이다.

이 얼마나 그럴듯하고 달콤한 생각인가? 얼마나 유혹적인가? 하지만 그럴 일은 없었다. 내가 그러지 않으리라는 것을 나는 알고 있었다. 내가 혼자 짊어지고 가야 하는 비밀과 죄가 있다는 것을 알고 있었다. 어쩌면 나는 지금 영원히 악의 편에 서서 악한 자들과 비밀을 공유하고, 그들에게 의존하고 복종하며 그들처럼 되는 순간의 갈림길에 서 있는지도 모른다. 나는 어른 행세를 하고 영웅 행세를 했으니 그에 따른 결과를 온전히 감당해야만 했다.

내가 방으로 들어섰을 때 아버지가 신발이 젖었다며 나무라는 것이 차라리 다행이었다. 덕분에 아버지는 내게 더 나쁜 일이 있었음을 눈치채지 못했고, 나는 꾸중을 들으며 은밀히 마음속으로 더 나쁜 일과 연결해 생각했다. 그 순간 이상야릇하면서 처음 느껴 보는 감정에 사로잡혔다. 미늘이 잔뜩 박힌 듯한 사악하고도 날카로운 감정이었다. 내가 아버지보다 우월하다는 감정이었다! 한순간 아버지의 무지에 대해 경멸을 느꼈고 젖은 신발에 대한 꾸중이 가소롭게 느껴졌다, '만약 아버지가 사실을 제대로 아신다면!' 하는 생각이 들면서 나는 마치 살인을 자백해야 할 판에 빵을 훔친 혐의로 신문을 받는 범죄자가 된 기분이었다. 혐오스럽고 역겨운 느낌이었지만 매우 강렬하고 자극적이라 그 어떤 생각보다도 더 단단히 나를 내 비밀과 죄악에 묶어 놓았다. 어쩌면 크로머는 지금쯤 경찰서에 가서 이미 나를 고발했을지도 모른다는 생각이 들었다. 여기서 이렇게 어린아이 취급을 당하는 동안 나를 향해 폭풍우가 몰려오고 있을지도 모르는 일이었다!

 지금까지 이야기한 나의 모든 체험 중 이 순간이 가장 중요하고도 오랫동안 남았다. 아버지의 거룩함에 나타난 최초의 균열이었으며, 나의 어린 시절을 떠받치던, 그리고 누구든 자기 자신이 되기 위해서 넘어뜨리지 않으면 안 되는 기둥에 베인 최초의 자국이었다. 운명의 내밀하고 본질적인 방향은 아무도 보지 못하는 이런 체험들로 이루어지는 것이다. 이런 균열과 베인 자국은 다시 덮이고 아물고 잊히지만, 가장 비밀스러운 방 안에 계속 살아남아 피를 흘린다.

 처음 느끼는 감정으로 인해 오싹해진 나는 당장 아버지의 발에 입맞춤이라도 하면서 용서를 구하고 싶은 심정이었다. 그러나 본질적인 것은 용서를 구한다고 해서 되는 것이 아니라는 사실은 현자가 아니더라도 어린아이들도 아주 잘 알고 느낀다.

 나는 내게 일어난 일에 대해 생각해 보고 내일 어떻게 해야 할지 곰곰이 대책을 세워야 할 필요가 있었다. 그러나 미처 그러지 못했다. 나는 저녁 내내 오로지 바뀌어 버린 우리 집 거실의 공기에 적응하느라 여념이 없었다. 벽시계와 탁자, 성경과 거울, 책꽂이와 벽에 걸린 그림들이 나에게 작별을 고했다. 나의 세계가, 나의 선량하고 행복한 삶이 이제는 과거가 되어 버리고 나에게서 떨어져 나가는 것을 얼어붙은 마음으로 지켜볼 수밖에 없었다. 그리고 저 어둡고 낯선 바깥에 나의 새로운 뿌리가 내렸고 꽉 붙잡혔음을 느꼈다. 나는 처음으로 죽음을 맛보았다. 죽음은 쓴맛이었다. 죽음은 탄생이며, 새로움에 대한 무시무시한 두려움과 공포이기 때문이었다.

 마침내 잠자리에 들게 되어 몹시 기뻤다! 조금 전 정말 괴로운 저녁 예배 시간을 견뎌 냈다. 모두 함께 내가 가장 좋아하는 찬송가까지 불렀다. 그렇지만 나는 함께 부르지 않았다. 모든 음 하나하나가 나에게는 쓰디쓴 독약과도 같았다. 아버지가 축복기도를 할 때도 함께 기도하지 않았고, 아버지가 "우리 모두와 함께하소서!"라고 기도를 마치자 마치 나를 우리 가족으로부터 밀쳐 내는 듯 갑자기 경련이 일어났다. 하느님의 은총이 우리 가족과는 함께했지만 이제 나와 함께하지는 않았다. 나는 싸늘해지고 기진맥진해서 자리에서 일어났다.

 침대에 한동안 누워 있으니 온기와 포근함이 나를 다정하게 감쌌지만, 두려움에 사로잡힌 내 마음은 길을 잃고 되돌아서 지난 일의 주변을 불안하게 맴돌았다. 어머니는 평소와 다름없이 나에게 잘 자라는 인사를 건네고 나갔다. 멀어지는 어머니의 발소리가 여전히 내 방에 울렸고 촛불의 불빛이 문틈으로 새어 들어왔다. 나는 어머니가 내 방으로 다시 돌아오리라 믿었다. 뭔가 눈치를 챈 어머니가 나에게 입맞춤을 하며 무슨 일이냐며 다정하게 물어볼 것이다. 그러면 나는 울음을 터트리고, 목구멍을 꽉 막고 있던 돌은 녹아 없어질 것이다. 어머니를 와락 끌어안고 모든 일을 털어놓고 나면 모든 것이 다 잘 해결될 것이다. 문틈이 어두워진 후에도 나는 한동안 귀를 기울이며 기대를 놓지 않았다.

 얼마 후 내 문제로 다시 돌아와 적의 눈을 응시했다. 나는 똑똑히 보았다. 적은 한쪽 눈을 감고 입으로는 야비한 웃음을 지었다. 내가 그를 바라보며 피할 수 없는 것을 꾹 참는 동안 그는 점점 더 거대해지고 흉측해졌으며 사악한 눈이 악마처럼 번득였다. 내가 잠이 들 때까지 그는 내 옆에 바짝 붙어 있었다. 다행히 꿈속에는 적도 오늘 있었던 일도 나타나지 않았다. 대신 내가 부모님과 누나들과 함께 배를 타고 있는 꿈을 꾸었다. 휴일의 평온함과 광채가 우리를 에워싸고 있었다. 나는 한밤중에 잠에서 깨어 행복의 여운을 느꼈으며 누나들의 여름 원피스가 햇살에 빛나던 모습이 여전히 눈에 선했다. 하지만 이내 낙원에서 떨어져 현실로 돌아오며 사악한 눈을 지닌 적과 다시 마주하게 되었다.

 아침이 되어 어머니가 황급히 달려와 시간이 늦었는데 왜 아직도 침대에 누워 있냐고 말했을 때 내 안색이 좋지 않았다. 어머니가 어디 아프냐고 물었을 때 나는 그만 토하고 말았다.

덕분에 나는 일종의 혜택을 얻게 되었다. 나는 몸이 조금 아플 때면 아침 내내 침대에 누워 캐모마일 차를 마시면서 어머니가 옆방에서 청소하는 소리, 리나가 현관 밖에서 푸줏간 주인을 맞이하는 소리 등에 귀를 기울이는 것을 즐기곤 했다. 학교에 가지 않는 날의 오전은 어쩐지 마법이나 동화 같은 느낌이 들었다. 방 안으로 들어오는 햇살은 학교에서 초록색 커튼을 쳐서 차단하곤 하는 그 햇살이 아니었다. 하지만 오늘은 이마저도 감흥이 없었고 뭔가 어긋나 있었다.

내가 그냥 죽어 버리면 얼마나 좋을까! 하지만 나는 가끔 그렇듯 조금 아픈 것뿐이라 이 정도로는 아무것도 해결되지 않았다. 학교에 가는 것은 막아 주었지만 11시에 시장에서 나를 기다리고 있을 크로머를 막아 주지는 못했다. 이번에는 어머니의 다정함도 전혀 위안이 되지 않았고, 부담스럽고 마음만 아팠다. 나는 다시 잠든 척하며 곰곰이 생각했다. 아무 소용이 없는 짓이었다. 나는 11시에 시장에 가야 한다. 그래서 나는 10시에 살며시 일어나 이제 몸이 괜찮아졌다고 말했다. 이런 경우에 대개 그렇듯이 다시 침대에 누워 좀 더 쉬라든지 아니면 오후에 학교에 가라는 말을 들었다. 나는 학교에 가고 싶다고 말했다. 나는 머릿속에 계획을 세워 놓았다.

돈 없이 크로머한테 갈 수는 없었다. 내 작은 저금통에 손을 대는 방법밖에는 없었다. 저금통 안에 돈이 충분히 들어 있지 않다는 것은 알고 있지만 그래도 얼마 정도는 들어 있을 것이다. 돈을 한 푼도 안 들고 가는 것보다는 그래도 얼마라도 들고 가는 것이 낫고, 크로머를 어느 정도 달래 주기는 할 거라는 생각이 들었다.

 나는 양말만 신은 채 살금살금 어머니의 방으로 들어가 책상 위에 놓여 있던 저금통을 집어 오는 데 마음이 몹시 불편했다. 그렇지만 어제만큼 불편하지는 않았다. 가슴이 너무 두근거려서 목이 죄는 듯했다. 계단 아래쪽으로 내려와서야 저금통을 제대로 살펴보았고, 저금통이 잠겨 있다는 것을 알아차렸을 때도 여전히 가슴은 몹시 뛰었다. 저금통을 따는 것은 간단했다. 얇은 양철 격자를 뜯어내기만 하면 되는 일이었다. 막상 저금통을 부수니 마음이 아팠다. 이로써 나는 정말 도둑질을 하고 말았다. 그전까지는 기껏해야 설탕 조각이나 과일을 몰래 꺼내 먹는 정도였는데. 하지만 이건 비록 내 돈이라고 해도 훔치는 것이었다. 나는 또다시 크로머와 그의 세계에 한 발짝 더 다가갔다는 것과 점점 더 타락의 길로 빠져든다는 것을 느끼며 저항감도 들었다. 악마가 나를 잡아간다고 해도 이제 되돌아갈 길은 없었다. 나는 불안한 마음으로 돈을 세어 보았다. 저금통을 열기 전에는 제법 많이 들어 있는 것 같은 소리가 났는데 막상 손에 쥔 금액은 초

라하기 짝이 없었다. 겨우 65페니히였다. 나는 저금통을 아래
층 복도에 숨기고 돈을 꼭 쥔 채 집을 나섰다. 지금까지 이 문을
나설 때와 달랐다. 위에서 누군가 나를 부르는 것만 같았다. 서
둘러 발걸음을 옮겼다.

 아직 시간이 많이 남아서 나는 돌아가는 길을 택해 달라진 도
시의 골목길들을 따라 걸어갔다. 지금껏 한 번도 본 적이 없는
구름 아래로, 나를 빤히 쳐다보는 집들을 지나 나를 의심스러워
하는 사람들을 지나쳤다. 길을 걸어가다 학교 친구 한 명이 가축
시장에서 1탈러를 주웠던 기억이 문득 떠올랐다. 하느님이 나에
게 그런 기적을 베푸셔서 나도 그런 발견을 할 수 있기를 기도하
고 싶은 마음이 간절했다. 하지만 나는 이제 기도할 권리가 없
다. 이제 와서 기도를 한다 해도 저금통이 원래 상태로 돌아갈
리 없었다.

 프란츠 크로머는 멀리서 나를 보고도 아주 느릿하게 걸어오며
나는 안중에도 없는 듯한 태도를 보였다. 그는 내 곁으로 다가
와 따라오라는 신호를 보내고는 뒤도 돌아보지 않고 유유히 계
속 걸어갔다. 그는 슈트로 골목을 걸어 내려가서 작은 다리를 건
너 주택가 맨 끝에 신축 중인 건물 앞에 멈춰 섰다. 건물 공사
는 중단되어 문이나 창문이 없는 앙상한 벽만 덩그러니 서 있었
다. 크로머는 주위를 살피더니 건물 안으로 들어갔고 나도 뒤따

라 들어갔다. 그는 벽 뒤로 가더니 나에게 오라고 손짓하며 손을 내밀었다.

"가져왔어?"

그가 차갑게 물었다. 나는 돈을 움켜쥔 손을 호주머니에서 꺼내 그의 손바닥 위에 돈을 올려놓았다. 5페니히짜리 동전이 마지막으로 그의 손바닥에 떨어지기 무섭게 그는 벌써 돈이 전부 얼마인지 셈을 마쳤다.

"65페니히잖아."

그는 나를 빤히 쳐다보았다.

"응."

나는 기어드는 목소리로 말했다.

"이게 내가 가진 전부야. 돈이 많이 모자란다는 것은 나도 알아. 하지만 그게 다야. 더는 가진 게 없어."

"난 네가 제법 똑똑한 녀석인 줄 알았는데."

그는 부드러운 말투로 나를 나무랐다.

"명예를 아는 남자들끼리 원칙을 지켜야지. 너도 알다시피 나는 너한테 부당한 요구를 하는 게 아니야. 자! 이 동전들은 도로 가져가. 그 사람은 나에게 줄 돈을 깎으려고 하지 않을 거야. 내가 누구를 말하는지 알지? 그 사람은 전부 다 줄 거라고."

"하지만 아무리 쥐어짜도 그 이상은 없어! 이게 저금했던 돈

전부야."

"그건 네 사정이고. 하지만 난 널 불행하게 만들려는 게 아냐. 넌 나한테 아직 1마르크하고 35페니히를 빚지고 있어. 이 돈은 언제 줄 거야?"

"그 돈은 꼭 줄게, 크로머! 지금은 모르겠지만…… 내일이나 모레쯤에는 돈이 더 생길지도 몰라. 그렇지만 이 일을 아버지한테 말할 수 없다는 건 너도 이해하겠지."

"그건 내 알 바 아니지. 그리고 나는 너를 해칠 생각은 없어. 다만 나는 점심시간 전에 그 돈을 받았으면 하는 거지. 보다시피 난 가난해. 너는 좋은 옷을 입었고 점심에는 나보다 훨씬 더 좋은 음식을 먹잖아. 하지만 난 아무 말 않겠어. 조금 더 기다려 주지 뭐. 모레 오후에 내가 휘파람을 불면 그땐 제대로 계산을 끝내자고. 내 휘파람 소리 알지?"

그는 내 앞에서 휘파람을 불어 보았다. 내가 익히 듣던 휘파람 소리였다.

"응. 알고 있어."

나는 말했다. 그는 나와는 아무런 상관이 없는 사람처럼 휙 가 버렸다. 그것은 우리 사이의 거래였을 뿐, 그 이상은 아니었다.

세월이 지난 지금도 만약 크로머의 휘파람 소리를 갑자기 다시 듣게 된다면 나는 소스라치게 놀랄 것 같다. 그 일 이후 자꾸 휘파람 소리가 들리는 듯했다. 어떤 장소에 있든지, 어떤 놀이를 하고 어떤 일을 하고 어떤 생각을 하고 있든지 휘파람 소리가 나를 끈질기게 쫓아다니면서 옭아매고 결국 나의 운명이 되어버렸다. 알록달록하게 단풍이 든 따스한 가을 오후가 되면 나는 무척 아끼던 우리 집 작은 꽃밭에 나와 있곤 했다. 그러면 어렸을 때 하던 놀이를 다시 하고 싶은 이상한 충동에 휩싸였다. 지금의 나보다 어리고, 아직 착하고 자유롭고 순진무구하고 잘 보호받고 있는 소년이 되었다. 하지만 그럴 때마다 불쑥 크로머의 휘파람 소리가 어디선가 들려왔다. 알고 있지만 늘 깜짝깜짝 놀라게 만드는 그 소리는 맥을 끊어 놓고 상상의 나래를 꺾어 놓았다. 그러면 나는 가야 했다. 나는 나를 괴롭히는 녀석을 따라 으슥하고 지저분한 곳으로 쫓아가서 그에게 온갖 변명을 늘어놓고 돈을 가져오라고 독촉당했다. 이런 일이 몇 주간 계속되었는데 내게는 몇 년, 아니 영원처럼 느껴졌다. 내 수중에 돈이 있는 적은 드물었다. 리나가 시장바구니를 식탁 위에 올려놓을 때 몰래 집어 온 5페니히나 10페니히짜리 동전이 고작이었다. 그럴 때마다 크로머는 나에게 혼을 내며 온갖 경멸 섞인 말들을 퍼부었다. 그를 기만하고 그의 정당한 권리와 몫을 빼앗고, 그를 불행하게 만드는 사람이 바로 나였다! 살면서 그렇게까지 가슴을 짓누르는 절박함을 느껴 본 적은 드물었고 그때만큼 큰 절망감을 느끼고 굴욕을 당해 본 적도 없었다.

나는 저금통을 장난감 돈으로 채워서 다시 제자리에 갖다 놓았지만 저금통에 관심을 보이는 사람은 아무도 없었다. 하지만 언제라도 탄로 날 수 있었다. 가끔은 크로머의 거친 휘파람 소리보다 나에게 조용히 다가오는 어머니가 더 두려웠다. 혹시 저금통에 대해 물어보려고 오시는 것은 아닐까? 내가 여러 번 돈을 구하지 못하자, 그 악마는 나를 다른 방식으로 괴롭히고 이용하기 시작했다. 나는 그를 위해 일을 해야 했다. 그는 자기 아버지가 시킨 심부름을 나에게 떠넘겼다. 또는 10분 동안 한 발로 뛰기, 지나가는 사람의 옷자락에 종잇조각 붙이기 같이 해내기 힘든 일을 시켰다. 괴롭힘은 밤마다 꿈속에서도 계속되어 나는 악몽에 시달리며 땀에 흠뻑 젖곤 했다.

나는 한동안 아팠다. 자주 토했고 몸을 으슬으슬 떨다가도 밤만 되면 땀을 흘리고 열이 올랐다. 어머니는 나에게 무슨 문제가 있다고 느끼고는 극진하게 보살폈지만 그것이 나를 더욱 괴롭혔다. 어머니에게 신뢰로 보답할 수 없었기 때문이었다.

어느 날 저녁, 내가 침대에 누워 있을 때 어머니가 초콜릿 한 조각을 가져다주었다. 문득 어린 시절이 떠올랐다. 내가 어렸을 때 착한 행동을 많이 한 날이면 어머니는 저녁때 잘 자라는 인사와 함께 가끔 이런 달콤한 간식거리를 주시곤 했다. 그때처럼 어머니는 나에게 초콜릿 한 조각을 내밀었다. 나는 너무 마음이 괴로워서 겨우 고개만 저었다. 어머니는 나에게 어디가 안 좋은지 물으며 내 머리를 쓰다듬었다. 나는 "싫어요! 싫다고요! 아무것도 먹기 싫어요!"라는 말만 간신히 했다. 어머니는 초콜릿을 침대 옆 탁자에 놓고 방에서 나갔다. 다음 날 어머니는 어제 내가 왜 그랬는지 궁금해했지만 나는 아무런 기억이 나지 않는 척했다. 한번은 어머니가 의사를 불렀고 의사는 나를 진찰한 후 아침에 찬물로 몸을 씻으라는 처방을 내렸다.

그 당시 나는 일종의 정신착란 상태였다. 질서 있고 평화로운 우리 집 한가운데서 나는 유령처럼 경계하고 괴로워하며 살았고, 다른 가족들의 삶에 관심을 기울이지 않았으며, 한 시간이라도 뭔가에 열중하는 일이 드물었다. 아버지가 종종 화를 내며 나에게 이유를 따져 물었지만 나는 마음의 문을 닫고 냉랭하게 대했다.

카인

나를 고통에서 건져 준 구원의 손길은 전혀 예기치 못한 곳에서 나타났다. 그와 함께 새로운 뭔가가 내 삶에 들어왔고, 그것은 오늘날까지도 계속 영향을 미치고 있다.

내가 다니는 라틴어 학교에 새로운 학생이 전학을 왔다. 우리 도시로 이사 온 부유한 과부의 아들이었는데, 소매에 누군가 돌아가셨음을 표시하는 검은 띠를 두르고 있었다. 그는 나보다 상급반에 다녔고 나이도 더 많았지만 워낙 눈에 띄어서 내 눈에도 금방 들어왔다. 이 특이한 학생은 보기보다 훨씬 더 나이가 많은 듯했고 아무도 그를 소년으로 보지 않았다. 아직 어린 소년들 사이에서 그는 어른처럼, 아니 신사처럼 낯설고 성숙해 보였다. 그는 인기가 많지는 않았고, 우리와 같이 놀지도 않았으며 더욱이 싸움에 끼는 일도 없었다. 다만 선생님들 앞에서도 당당하고 단호하게 자신의 의견을 피력하는 것만이 다른 아이들의 마음에 들었을 뿐이다. 그의 이름은 막스 데미안이었다.

어느 날, 우리 학교에서 가끔 그렇듯이 어떤 이유로 다른 반 학생들이 넓은 우리 교실에서 수업을 함께하게 되었다. 바로 데미안의 반이었다. 우리 반 학생들은 성경을 배웠고 상급반 학생들은 작문 수업을 했다. 선생님이 우리에게 카인과 아벨의 이야기를 주입하는 동안 나는 데미안이 있는 쪽으로 자주 눈길을 돌렸다. 영리하고 밝고 야무진 그의 얼굴이 이상하게도 나를 매혹했다. 그는 온 정신을 다해 작문에 열중하고 있었다. 그는 작문 과제를 하는 학생이 아니라 자기만의 문제에 몰두한 학자처럼 보였다. 사실 그에게 호감이 있지는 않았다. 오히려 왠지 모르게 그에게 반감마저 느끼고 있었다. 내가 보기에 그는 너무 우월하고 차가웠으며 도발적이라고 느낄 정도로 자신만만했으며 눈에는 어른의 표정이 깃들어 있었다. 아이들은 결코 좋아할 수 없는 그런 표정이었다. 우수에 젖은 듯하면서도 약간의 냉소가 담긴 그런 눈빛이었다. 하지만 그가 내 마음에 드는지 여부와 상관없이 나는 계속해서 그를 쳐다볼 수밖에 없었다. 그러다가 그가 고개를 들면 나는 흠칫 놀라 눈을 돌렸다. 학창 시절 그의 모습을 지금 다시 돌이켜 보면 이렇게 말할 수 있을 것 같다. 그는 모든 면에서 다른 애들과는 달랐다. 아주 독특하고 개성이 두드러져서 남의 이목을 끌었다. 동시에 남의 눈에 띄지 않으려고 무던히도 애를 썼다. 마치 농부의 자식들 사이에서 그들과 똑같이 보이려고 애쓰는 변장한 왕자처럼 행동했다.

학교에서 집으로 오는 길에 그는 내 뒤에서 걷고 있었다. 다른 아이들이 모두 각자 흩어져 가 버리자 그는 나에게 가까이 다가와 인사를 했다. 우리 또래 아이들의 말투를 흉내 내기는 했어도 그 인사마저도 어른스럽고 정중했다.

"우리 잠깐 같이 걸을까?"

그는 다정하게 물었다. 나는 내심 좋아하며 고개를 끄덕였다. 그러고는 내가 사는 곳을 설명해 주었다.

"아, 거기?"

그가 미소를 지으며 말했다.

"그 집은 알고 있어. 너희 집 현관문 위에 붙어 있는 독특한 장식물 때문에 유심히 봐 두었거든."

나는 그가 무엇을 두고 하는 얘기인지 곧장 알아차리지 못했고, 그가 나보다 우리 집을 더 잘 아는 것이 놀라웠다. 아마도 우리 집 대문 아치 맨 위에 있는 쐐기돌에 새겨진 문장을 두고 하는 말 같았다. 하지만 그 문장은 세월이 흐르면서 닳아서 희미해졌고 그 위에 여러 번 색을 덧칠한 흔적이 있었다. 그리고 내가 아는 한 우리 집이나 우리 가문과는 아무런 관계가 없는 것이었다.

"그건 나도 잘 몰라."

나는 수줍게 말했다.

"새나 뭐 그 비슷한 건데 아주 오래됐어. 우리 집이 옛날에는 수도원 건물이었대."

"그랬을지도 모르지."

그는 고개를 끄덕였다.

"너도 언제 한번 잘 살펴봐! 그런 건 굉장히 흥미로운 경우가 많거든. 내가 보기에는 매 같던데."

계속해서 함께 걸었는데 매우 어색한 기분이 들었다. 데미안은 무슨 재미있는 일이 떠올랐는지 갑자기 웃음을 터트렸다.

"있잖아, 내가 아까 너희 반에서 같이 수업을 들었잖아."

그가 활기차게 말했다.

"이마에 표를 지닌 카인의 이야기였어, 그렇지? 그 이야기가 마음에 드니?"

그렇지 않았다. 우리가 공부해야 하는 그 많은 것 중에서 내 마음에 드는 것은 극히 드물었다. 하지만 어른과 이야기하는 느낌이 들어 감히 그렇다고 말하지 못했다. 그저 이야기가 상당히 마음에 든다고 말했다.

데미안은 내 어깨를 토닥였다.

"내 앞에서 굳이 그런 척할 필요 없어. 하지만 그 이야기는 정말 기이하기는 해. 수업 시간에 배우는 다른 이야기들보다 훨씬 더 기이하지. 선생님도 별다른 말씀을 하시지 않았고 그저 하느님이니 죄니 하는 뻔한 얘기만 하셨지. 하지만 내 생각에는……."

그는 말을 하다 말고 미소를 지으며 나에게 물었다.

"그런데 내 얘기 재미있니?"

"그러니까 내 생각에는 말이야."

그는 계속해서 말을 이었다.

"카인의 이야기는 완전히 다르게 해석할 수도 있어. 우리가 배우는 것들은 대부분 분명 진실이고 옳지만 선생님의 설명과 다르게 볼 수도 있어. 그러면 대개 훨씬 나은 의미를 갖게 되지. 예를 들어 카인과 그의 이마에 있는 표도 선생님의 설명만으로는 이해가 잘되지 않을 거야. 너도 그렇게 생각하지 않니? 어떤 사람이 싸우다가 동생을 때려죽이는 것은 얼마든지 있을 수 있는 일이야. 그러고 나서 그가 두려움에 떨고 물러서는 것도 가능한 일이지. 하지만 비겁한 그를 보호해 주고 다른 사람들을 두렵게 만드는 특별한 훈장까지 주는 것은 정말 이상하잖아."

"그렇지."

나는 점점 그의 얘기에 빠져들었다.

"하지만 그 이야기를 어떻게 달리 설명할 수 있다는 거야?"

그는 내 어깨를 토닥였다.

"아주 간단해! 여기서 이야기의 발단이 된 것이 바로 이마의 표야. 어떤 남자가 있었고, 그 남자의 얼굴에는 다른 사람들에게 두려움을 주는 무언가가 있었던 거지. 사람들은 감히 그 남자를 건드리지 못했어. 그와 그의 자식들은 사람들에게 경외심을 불러일으켰지. 아마도, 아니 분명히 이마에 있는 표는 우편물 소인 같은 것은 아니었을 거야. 삶에서 그렇게 노골적으로 드러나는 것은 드물거든. 오히려 거의 알아챌 수 없는 섬뜩한 무언가였을 거야. 사람들이 익숙한 것보다 더 많은 정신과 대담함이 그의 눈빛에 깃들어 있었겠지. 그 남자는 힘이 있었고 그래서 사람들은 그를 두려워했지. 그는 표를 지니고 있었으니까. 사람들은 마음대로 해석했어. 사람들은 원래 자기 편한 대로, 자기가 옳다고 생각하는 대로 설명하거든. 사람들은 카인의 자손들을 두려워했어. 그들에게는 표가 있었으니까. 그래서 사람들은 그 표를 애초에 있었던 것, 탁월함의 표시가 아니라 그 반대로 설명했어. 그런 표가 있는 놈들은 섬뜩하다고 수군거리고 실제로 그랬지. 용기와 뚜렷한 개성을 지닌 사람들은 다른 사람들에게 섬뜩해 보이기 마련이니까. 두려움을 모르는 섬뜩한 족속이 돌아다니는 것은 몹시 불편한 일이기 때문에 이제 이들에게 별명을 붙이고 이야기도 지어낸 거야. 이들에게 복수를 하고 그동안 참고 견딘 두려움을 보상받기 위해서 말이야. 무슨 말인지 알겠어?"

"응…… 그러니까…… 카인은 전혀 나쁜 사람이 아니었다는 말이야? 그리고 성경에 나온 그 이야기가 전부 사실이 아니라는 거고?"

"그렇기도 하고, 아니기도 해. 그렇게 오래된 이야기들은 언제나 사실이야. 하지만 그런 이야기들이 언제나 올바르게 기록되거나 설명되는 것은 아니야. 간단히 말하자면 나는 카인이 뛰어난 사람이었다고 생각해. 그에게 두려움을 느낀 사람들이 이런 이야기를 그에게 덧씌워 버린 거지. 그저 사람들이 조잘대는 소문이었을 뿐이야. 하지만 카인과 그의 후손들에게 표가 있었고 보통 사람들과 달랐다는 것만은 사실이야."

나는 매우 놀랐다.

"그렇다면 동생을 때려죽였다는 것도 사실이 아니라고 생각하는 거야?" 나는 충격에 사로잡혀 물었다.

"그렇지는 않아! 그건 분명 사실이야. 강한 자가 약한 자를 때려죽인 거지. 그 사람이 정말 자기 동생이었는지는 의심의 여지가 있지만 말이야. 그건 중요하지 않아. 모든 사람은 결국 형제니까. 강자가 약자를 때려죽였어. 어쩌면 영웅적인 행동이었을 수도 있고 아니었을 수도 있고. 그 때문에 다른 약자들은 이제 두려움에 사로잡히게 되었고 몹시 한탄했겠지. 누군가 '그럼 너희도 그를 그냥 때려죽이지 그래?' 하고 물으면 그들은 '우리는 겁쟁이라서 그렇게 못해'라고 대답하는 대신에 '그럴 순 없어. 그는 표를 가지고 있어. 하느님이 그에게 표를 주었거든!'이라고 대답한 거야. 대충 이런 식으로 그 황당한 이야기가 만들어졌을 거야. 뭐, 어쨌든 내가 너를 너무 오래 붙잡아 둔 것 같구나. 그럼 안녕!"

그는 알트 골목 쪽으로 들어가 버렸고 나는 그 어느 때보다 어리둥절해져서 혼자 덩그러니 남겨졌다. 그가 가자마자 그의 모든 말들이 아주 터무니없게 느껴졌다. 카인은 고귀한 사람이고 아벨이 겁쟁이라니! 카인의 표가 탁월함을 나타내는 표라니! 정말 허무맹랑한 얘기였고, 하느님을 모독하는 사악한 얘기였다. 그렇다면 하느님은 어디에 계셨다는 말인가? 하느님은 아벨의 제물을 받으시고 아벨을 사랑하지 않으셨던가? 정말 황당한 얘기였다! 데미안이 나를 놀리고 골탕을 먹이려고 이런 얘기를 했다는 생각이 들었다. 그는 정말 영리하고 말발이 좋은 친구였다. 하지만 그건……. 아니다…….

어쨌든 나는 지금껏 한 번도 성경이나 다른 이야기에 대해 그토록 골똘히 생각해 본 적이 없었다. 그리고 실로 오랜만에 몇 시간 동안, 저녁 내내 프란츠 크로머의 존재를 완전히 잊고 있었다. 집으로 가 성경책에서 그 이야기를 다시 한번 읽어 보았다. 짧고 분명한 이야기였다. 그 이야기에서 비밀스러운 해석을 찾아본다는 것은 완전히 미친 짓이었다. 그렇다면 모든 살인자가 스스로를 하느님의 총애를 받는 자라고 주장할 수 있지 않은가! 아니, 그건 말도 안 되는 소리다. 다만 데미안이 이런 이야기를 너무나 당연하다는 듯이 쉽고 근사하게 설명하는 방식만은 정말 훌륭했다. 게다가 그런 눈빛으로!

하지만 나도 뭔가 정상적인 상태가 아니었다. 아니, 아주 비정상적인 상태였다. 나는 밝고 깨끗한 세계에 살고 있었고, 나 자신이 일종의 아벨이기도 했다. 그런데 지금의 나는 '다른' 세계에 깊이 처박혀 있었고 깊숙이 떨어지고 가라앉아 버렸지만 따지고 보면 그것이 내 잘못만은 아니었다! 어떻게 하다가 이 지경이 되었을까? 그때 어떤 기억이 번뜩 떠오르며 한순간 숨이 턱 막혔다. 지금의 고통이 시작되던 그날 저녁, 아버지에게 느꼈던 감정이 떠올랐다. 나는 한순간이나마 아버지와 아버지의 세계 그리고 그의 지혜를 꿰뚫어 보기라도 한 듯 경멸했다! 그렇다. 그 순간 나는 표를 지닌 카인이 되어 이 표가 수치가 아니라 탁월함의 표라는 망상에 빠졌다. 그리고 나의 악과 불행으로 인해 내가 아버지를 비롯해 다른 선하고 경건한 사람들보다 더 우월하다고도 생각했다.

당시 이렇게 명확한 사고로 그 일을 체험한 것은 아니었지만 이 모든 것이 그 안에 포함되어 있었다. 그 일은 나에게 고통을 주면서도 자부심으로 가득 채운 감정과 묘한 흥분으로 작은 불꽃을 일으켰다.

곰곰이 생각해 보면 데미안은 두려움이 없는 사람들과 비겁한 사람들에 대해서 얼마나 이상하게 얘기를 했던가? 그는 카인의 이마에 있는 표를 얼마나 기이하게 해석했던가! 그의 눈, 어른스럽고 기묘한 그 눈이 얼마나 독특하게 빛났던가? 그리고 문득 막연하게 이런 생각이 내 머리를 스치고 지나갔다. 데미안 자신이야말로 일종의 카인이 아닐까? 자신이 카인과 닮았다고 느끼지 않는다면 왜 그토록 카인을 옹호할까? 어째서 그의 눈빛에는 힘이 느껴질까? 어째서 그는 본래 경건하고 하느님의 총애를 받는 '다른' 사람들, 두려워하는 자들에 대해서 그렇게 비웃듯이 이야기하는 것일까?

 이런 생각이 꼬리에 꼬리를 물고 이어졌다. 우물에 돌멩이 하나가 떨어졌다. 그 우물은 나의 어린 영혼이었다. 그리고 오랫동안, 아주 오랫동안 카인과 살인, 그 표에 관한 문제는 내가 어떤 것을 인식하거나 의심하거나 비판할 때마다 기준이 되었다.

 다른 학생들도 데미안에게 관심이 많다는 것을 곧 알게 되었다. 내가 카인의 이야기를 아무에게도 말하지 않아도, 그가 다른 학생들의 흥미를 끄는 듯했다. 새로 온 이 전학생에 대한 무수한 소문들이 돌았다. 만약 그에 대해 떠도는 소문들을 내가 모두 다 알았더라면 그를 속속들이 밝히고 해석할 수 있었을 것이다. 하지만 내가 아는 것이라고는 데미안의 어머니가 상당한 부자라는 처음의 소문뿐이었다. 그리고 데미안과 그의 어머니는 절대 교회에 나가지 않는다는 얘기도 돌았다. 누군가는 그들이

유대인이라고 했고, 비밀스러운 이슬람교도일지 모른다는 소문도 있었다. 막스 데미안의 강한 힘에 관한 온갖 얘기들이 떠돌았다. 한 가지 확실한 사실은, 데미안의 반에서 가장 힘이 센 학생이 데미안에게 싸움을 걸었고 이를 거부한 데미안에게 겁쟁이라고 불렀다가 톡톡히 망신을 당했다는 것이었다. 그 자리에 있었던 아이들 말로는 데미안이 한 손으로 그 녀석의 멱살을 잡고 꽉 누르자 녀석의 얼굴이 하얗게 질려 슬금슬금 도망쳤고 며칠 동안이나 팔을 쓰지 못했다고 했다. 심지어 저녁나절에는 그가 죽었다는 소문까지 퍼졌다. 그렇게 온갖 소문들이 한동안 떠돌았고, 모두가 그 소문들을 믿었으며, 소문들은 하나같이 자극적이고 놀라웠다. 그러다가 한동안 잠잠했다. 하지만 얼마 지나지 않아 우리들 사이에 데미안이 여자들과 사귀며 '모든 것을 알고 있다'는 새로운 소문이 퍼졌다.

그러는 동안에도 나는 프란츠 크로머에게서 벗어나지 못하고 있었다. 가끔 크로머가 나를 며칠 동안 내버려 둔다고 해도 그에게 얽매인 상태였다. 꿈속에서 그는 그림자처럼 나를 따라다니면서, 실제보다 더 지독하게 굴었다. 꿈속에서 나는 완전히 그의 노예였다. 나는 현실보다 꿈속에서 더 많이 살았으며(나는 꿈을 많이 꾸는 편이었다.)그 그림자에게 힘과 생기를 빼앗겼다. 특히 크로머가 나를 학대하는 꿈을 자주 꾸었다. 그가 나에게

침을 뱉고 내 위에 올라타서 무릎으로 짓누르고 나아가 내가 심각한 범죄를 저지르도록 유혹하는 꿈이었다. 유혹이라기보다는 강요였다. 가장 끔찍했고 내가 반쯤 미쳐서 깬 꿈은 내가 아버지를 살해하려는 꿈이었다. 크로머는 칼을 갈아서 내 손에 쥐였고 우리는 가로수 길의 나무 뒤에 숨어서 누군가를 기다렸다. 나는 누구를 기다리는지도 몰랐다. 그러다 누군가가 다가오자 크로머는 내 팔을 누르면서 내가 찔러 죽여야 할 사람을 가리켰다. 아버지였다. 그 순간 잠에서 깼다.

그 꿈을 꾼 후 카인과 아벨에 대해 다시 생각하게 됐지만, 데미안 생각을 한 건 아니었다. 데미안이 내게 다시 다가온 것도 이상하게도 꿈속에서였다. 나는 끔찍한 학대와 폭행을 당하는 꿈을 또 꾸었는데 이번에 나를 무릎으로 짓누른 사람은 크로머가 아니라 데미안이었다. 그런데 크로머에게 고통과 저항감을 느끼며 견뎌 낸 일들이 데미안에게서는 기쁨과 두려움이 뒤섞인 감정으로 기꺼이 견뎠다. 아주 새로운 감정이어서 깊은 인상을 받았다. 그런 꿈을 두 번 꾼 후에는 다시 크로머가 그 자리를 차지했다.

나는 꿈과 현실에서의 경험을 더 이상 명확하게 구분하지 못한다. 어쨌든 나와 크로머의 질긴 악연은 계속되었고, 조금씩 푼돈을 훔쳐 마침내 그에게 빚진 돈을 다 갚은 후에도 끝나지 않았다. 그는 나에게 돈이 어디서 났는지 묻곤 했기 때문에 내가 좀 도둑질을 했다는 것을 알았고, 나는 전보다 훨씬 더 단단히 그의 손아귀에 잡히게 됐다. 그는 아버지에게 모두 일러바치겠다고 자주 나를 협박하곤 했다. 그럴 때면 두려움보다는 오히려 처음에 아버지께 사실대로 털어놓지 못한 후회가 더 크게 밀려왔다. 그렇지만 아무리 비참했어도 항상 모든 것을 후회하진 않았다. 가끔은 모든 일이 그럴 수밖에 없었다는 느낌이 들기도 했다. 불길한 운명이 나에게 드리워져 있는데 그 운명에서 벗어나려고 하는 것은 속절없는 짓이었다.

 이런 상황에서 우리 부모님도 적잖게 가슴앓이를 하셨을 것이다. 낯선 영혼이 나를 덮쳐서 그전까지 매우 친밀했던 가족들과 더 이상 어울리지 않았고, 마치 잃어버린 낙원을 향한 격렬한 그리움이 나를 엄습하곤 했다. 특히 어머니는 나를 악동이 아니라 환자처럼 대했다. 하지만 두 누나의 태도에서 실상을 가장 잘 알 수 있었다. 나를 무척 조심스럽게 다루지만 나를 한없이 비참하게 만들기도 했던 누나들의 태도에서 내가 미친 사람 같다는 것이 확실하게 드러났다. 나는 내면에 악이 자리 잡은 사람이기 때문에 꾸짖기보다는 불쌍히 여겨야 할 대상이었다. 가족들이 하는 나를 위한 기도가 전과는 다르다는 것과 그 기도가 부질없다는 것도 느꼈다. 이런 괴로움에서 벗어나고 싶은 간절한 마음과 진정으로 참회하고 싶다는 갈망을 강하게 느꼈지만 어머니나 아버지에게 모든 일을 사실대로 말씀드리고 설명할 수 없을 것이라고 예감했다. 모든 사실을 너그럽게 받아들이고 나를 안타까워하며 보호하겠지만, 완전히 이해하지는 못할 것이다. 나에게는 운명이건만 어른들에겐 모든 것이 그저 탈선으로 여겨질 것을 나는 알고 있었다.

 열한 살도 채 되지 않은 아이가 이런 감정을 느낀다는 것을 믿지 못하는 사람도 있을 줄 안다. 나는 그들에게 내 이야기를 하려는 것이 아니다. 나는 인간을 보다 더 잘 아는 이들에게 내 이야기를 하는 것이다. 자기감정의 일부분을 생각으로 전환하는 것에 익숙한 어른들은 아이들이 이런 생각을 할 줄 모른다고, 그런 경험조차 없다고 생각한다. 하지만 나는 내 평생 그때처럼 그렇게 깊은 체험과 고통을 겪은 적은 거의 없었다.

비가 내리던 어느 날, 나는 성 앞 광장으로 나오라는 크로머의 명령을 받고 물이 뚝뚝 떨어지는 짙은 밤나무 아래에 서서 기다렸다. 나는 나무에서 계속 떨어지는 젖은 나뭇잎들을 발로 건드리고 있었다. 돈은 없었지만 크로머에게 뭐라도 줘야 한다는 생각에 케이크 두 조각을 챙겨서 나왔다. 그렇게 어딘가 한쪽 구석에 서서 그를 오래도록 기다리는 것에 어느새 익숙해져 버렸다.

사람들이 어쩔 수 없는 운명을 받아들이듯 나도 그 상황을 받아들였다.

마침내 크로머가 나타났다. 그날은 오래 머물지 않았다. 내 옆구리를 주먹으로 몇 번 가볍게 친 그는 낄낄거리더니 케이크를 받았다. 심지어 내게 축축한 담배를 권하기까지 했지만 받지 않았다. 어쨌든 평소보다 친절했다.

"아, 참."

그는 떠나면서 말했다.

"잊어버리기 전에 말해 두는데 다음에는 네 누나를 데리고 와. 큰누나 말이야. 누나 이름이 뭐였더라?"

나는 무슨 말인지 도통 이해할 수 없어 대답도 하지 않았다. 그저 어리둥절하게 그를 쳐다볼 뿐이었다.

"못 알아들었어? 네 누나를 데리고 오라고."

"알아들었어, 크로머. 하지만 그건 안 돼. 그럴 수는 없어. 그리고 누나도 분명 따라오지 않을 거야."

또다시 크로머가 트집을 잡거나 어떤 구실을 만들기 위해 이런다고 생각했다. 자주 그랬다. 나에게 불가능한 것을 요구하고 나를 두려움으로 몰아넣어 굴복시키고는 서서히 협상을 시작하곤 했다. 그러면 나는 돈이나 다른 선물들을 갖다 바치면서 상황을 모면했다.

이번에는 완전히 달랐다. 내가 거부했는데도 그는 화를 내는 기색이 거의 없었다

"그래."

그가 얼버무리며 말했다.

"한번 잘 생각해 봐. 네 누나하고 알고 지내고 싶어서 그래. 언젠가 볼 기회가 있겠지. 네가 누나하고 산책하러 나오면 내가 끼면 되니까. 내일 내가 휘파람을 불면 그때 다시 얘기하자."

그가 가 버리자 갑자기 그의 요구가 무엇을 의미하는지 어렴풋이 깨달았다. 나는 아직 어렸지만, 나이가 더 들면 남학생과 여학생이 뭔가 비밀스럽고 야릇하고 금지된 일들을 함께하기도 한다는 소문을 들어 익히 알고 있었다. 그런데 지금 나더러…… · 나는 그게 얼마나 망측한 일인지 불현듯 깨달았다! 절대 그렇게 하지 않겠다고 결심했다. 하지만 거절하면 어떤 일이 벌어질지, 크로머가 나에게 어떻게 보복할지 상상조차 하기 싫었다. 새로운 고문이 시작되었다. 아직도 충분치 않은 모양이었다.

나는 호주머니에 손을 찔러 넣은 채 절망적인 심정으로 텅 빈 광장을 가로질러 갔다. 새로운 고통, 새로운 노예살이!

그때 활기찬 저음의 목소리가 나를 불렀다. 나는 깜짝 놀라 뛰기 시작했다. 누군가 나를 쫓아와 뒤에서 나를 살며시 붙잡았다. 막스 데미안이었다.

나는 붙잡는 대로 가만히 있었다.

"난 또 누구라고."

나는 불안스레 말했다.

"깜짝 놀랐잖아!"

그가 쳐다보았다. 어느 때보다 어른스럽고 우월하고 상대를 꿰뚫는 눈길이었다. 우리는 오랫동안 서로 이야기하지 않았었다.

"미안해."

그는 정중하면서도 분명한 태도로 말했다.

"하지만 그렇게까지 놀랄 건 없잖아."

"그래, 그렇지만 놀랄 수도 있지."

"그런 것 같군. 하지만 너한테 아무 짓도 하지 않은 사람 앞에서 그렇게 소스라치게 놀라면 그 상대방은 생각을 하게 되지. 너의 반응이 의아해서 호기심이 생기고 말이야. 네가 이상할 정도로 잘 놀란다고, 더 나아가 두려움에 사로잡혀 있는 사람들만 그런다는 생각에까지 미치겠지. 겁쟁이들은 항상 두려워하니까. 하지만 너는 겁쟁이는 아닌 것 같은데, 안 그래? 물론 그렇다고 영웅도 아니지만 말이야. 넌 지금 뭔가 두려워하는 게 있는 거야. 네가 두려워하는 사람도 있고. 그런데 그건 결코 있어서는 안 되는 일이야. 절대로 사람을 두려워하는 일이 있어서는 안 돼. 설마 너 나를 두려워하는 건 아니겠지? 안 그래?"

"아냐 전혀 두렵지 않아."

"그것 봐. 하지만 네가 두려워하는 사람이 있는 거지?"

"잘 모르겠어……. 날 그냥 좀 내버려 둬, 나한테 원하는 게 뭐야?"

그는 나와 보조를 맞춰 걸었다. 나는 그에게서 도망칠 생각으로 빨리 걸었다. 옆에서 나를 쳐다보는 시선을 느꼈다.

"이렇게 한번 가정해 봐."

그는 또다시 내게 말을 걸었다.

"내가 너한테 호의를 가지고 있다고 말이야. 아무튼 나를 두려워할 필요는 없어. 나는 너하고 실험을 하나 하고 싶어. 재미있고 유용한 것도 많이 배울 수 있을 거야. 잘 들어 봐! 나는 가끔 독심술이라는 걸 실험하곤 해. 마법은 아니지만 어떻게 하는 건지 모르면 아주 이상해 보이지. 이걸로 사람들을 아주 깜짝 놀라게 할 수 있어. 자, 한번 해 보자. 나는 너를 좋아하고 너에게 관심이 많아서 네 마음속이 어떤 모습인지 알아서 끄집어내고 싶어. 그러기 위해 나는 이미 시작했어. 나는 너를 깜짝 놀라게 했고 너는 잘 놀라는 편이야. 그러니까 네가 두려워하는 일이나 사람이 있는 거지. 그게 어디서 비롯되었을까? 그 누구도 두려워할 필요가 없는데 말이야. 누군가를 두려워하는 것은 그 누군가에게 자신을 지배할 힘을 내주었기 때문이야. 예를 들어 나쁜 짓을 했는데 그걸 누군가가 알고 있으면 그는 너를 지배할 힘을 가지게 되는 거지. 무슨 말인지 이해했어? 지극히 당연하지 않니?"

나를 어찌할 바를 모르고 그의 얼굴을 빤히 쳐다보았다. 그는 여느 때처럼 진지하고 총명하고 나에게 호의도 있어 보였지만 다정함이라고는 전혀 없는 엄격한 얼굴이었다. 정의나 그와 비슷한 그 무엇이 깃들어 있었다. 나는 어떻게 된 일인지 알 수 없었다. 그는 마법사처럼 내 앞에 서 있었다.

"알아들었어?"

그가 다시 한번 물었다. 나는 고개를 끄덕였다. 나는 아무 말도 할 수 없었다.

"독심술이 이상해 보일 거라고 너한테 말했지만 사실 아주 자연스럽게 되는 거야. 예를 들면, 내가 예전에 카인과 아벨 이야기를 했을 때 네가 나를 어떻게 생각했는지 상당히 정확하게 말해 줄 수 있어. 지금 이 일과 어울리지 않는 얘기지만 말이야. 그리고 네가 한 번쯤은 내 꿈을 꾸었을 수도 있다고 생각했거든. 하지만 이 얘기는 관두자! 너는 영리한 아이야. 다른 애들은 대부분 멍청한데! 나는 내가 신뢰하는 영리한 아이와 가끔 얘기하는 걸 좋아해. 너도 괜찮겠지?"

"그래. 하지만 내가 이해할 수 없는 것은······."

"재미있는 실험 얘기를 계속해 보자! 우리는 S라는 아이가 잘 놀란다는 것, 누군가를 두려워한다는 것, 그리고 아마도 누군가와 불편한 비밀을 공유하고 있을 것이라는 사실을 알아냈어. 대략 맞지?"

나는 꿈속에서처럼 그의 목소리, 그의 영향력에 압도당했다. 나는 그저 고개만 끄덕였다. 저 목소리는 오로지 나 자신에게서만 나올 수 있는 이야기를 하고 있지 않은가? 모든 것을 알고 있는 목소리? 나 자신보다 모든 것을 더 분명하게 잘 알고 있는 목소리?

데미안은 내 어깨를 세게 두드렸다.

"그런 거구나. 그럴 줄 알았어. 이제 딱 한 가지 질문만 남았어. 조금 전에 가 버린 그 아이의 이름이 뭔지 아니?"

나는 흠칫 놀랐다. 건드려진 나의 비밀이 고통스럽게 움츠러들며 좀처럼 밖으로 나오려 하지 않았다.

"누구 말이야? 나 말고는 아무도 없었어."

그는 웃었다.

"어서 말해 봐!"

그가 웃으며 말했다.

"이름이 뭐야?"

나는 조그맣게 속삭였다.

"프란츠 크로머 말이야?"

그는 흡족한 얼굴로 고개를 끄덕였다.

"잘했어! 넌 굉장한 녀석이야. 우린 친구가 될 수 있을 거야. 하지만 너한테 꼭 할 말이 있어. 그 크로머인지 뭔지 하는 녀석은 나쁜 놈이야. 녀석의 얼굴에 악당이라고 쓰여 있어! 넌 어떻게 생각해?"

"그래, 맞아."

나는 한숨을 내쉬었다.

"나쁜 놈이야. 악마라고! 하지만 걔가 알면 안 돼! 맙소사! 걔가 절대 알면 안 된다고! 넌 걔를 알아? 걔도 널 알아?"

"진정해! 그 녀석은 갔어. 걔는 나를 몰라. 아직은 모르지. 하지만 그 녀석을 좀 알고 싶은걸. 공립학교에 다니니?"

"응."

"몇 학년이야?"

"5학년. 하지만 걔한테 아무 말도 하지 마! 제발 부탁인데 아무 말도 하지 마!"

"걱정 마, 너에게 아무 일도 없을 거야. 나한테 크로머에 대해서 조금 더 얘기해 줄 마음은 없겠지?"

"나는 그럴 수가 없어! 날 좀 내버려 둬!"

그는 한동안 말이 없었다.

“아쉽군.”

그가 다시 말을 이었다.

“우리가 실험을 계속 진행할 수 있었을 텐데 말이야. 하지만 난 널 들볶을 생각은 없어. 그래도 그 녀석을 두려워하는 것이 옳지 않다는 것은 너도 알지? 그런 두려움은 우리를 완전히 망가트려. 그런 두려움에서 벗어나야 해. 네가 진정한 남자가 되려면 그런 두려움에서 벗어나야 한다고. 알아들었어?

“그렇지. 네 말이 맞아……. 하지만 그럴 수가 없어. 넌 모르겠지…….”

“네가 생각했던 것보다 내가 더 많은 것을 알고 있다는 걸 너도 보았잖아. 혹시 그 녀석한테 빚진 돈이 있는 거야?”

“응. 그렇기도 해. 하지만 그게 중요한 게 아니야. 난 말할 수 없어. 말을 할 수가 없다고!”

“그 녀석한테 빚진 돈만큼 내가 너한테 준다고 해도 아무런 도움이 되지 않는다는 말이야? 그 돈을 너한테 기꺼이 줄 수 있는데.”

“아니야, 아니야, 그게 아니라고! 그리고 부탁인데 제발 아무한테도 말하지 마! 아무 말도! 그건 나를 불행하게 하는 거라고!”

“나를 믿어, 싱클레어. 너희들의 비밀을 언젠가는 나한테 털어

놓게 될 날이 있겠지."

"아니, 절대 그럴 일 없어!" 내가 격렬하게 소리쳤다.

"네 마음대로 해. 내 말은 그냥 네가 언젠가 나에게 더 많은 얘기를 하게 될지도 모른다는 뜻이야. 물론 자발적으로! 설마 내가 크로머처럼 할 거라고 생각하는 건 아니겠지?"

"그렇지 않아. 하지만 넌 아무것도 모르잖아!"

"아무것도 모르지. 그냥 곰곰이 생각할 뿐이지. 그리고 내가 크로머처럼 행동하는 일은 절대 없을 거야. 넌 나한테 빚진 게 아무것도 없잖아."

우리 사이에는 한참 동안 침묵이 흘렀고 나는 조금씩 마음이 진정되었다. 하지만 데미안이 알고 있다는 사실이 점점 더 수수께끼처럼 느껴졌다.

"난 이제 그만 집에 가야겠다."

그는 빗속에서 모직 코트를 단단히 여몄다.

"이왕 여기까지 말이 나온 김에 너한테 한마디만 더 할게. 너는 그 녀석한테서 벗어나야 해! 어떤 방법도 통하지 않는다면 그 녀석을 때려죽여! 만약 네가 그렇게 한다면 너는 나에게 깊은 인상을 심고 내 마음에 들 거야. 나도 널 도울 수 있어."

나는 또다시 두려움에 휩싸였다. 카인 이야기가 갑자기 떠올랐다. 나는 무서워서 조용히 울기 시작했다. 내 주위에는 무서운 일들이 너무 많았다.

"그럼 좋아."

막스 데미안이 미소를 지었다.

"이제 그만 집에 가 봐! 우리는 잘 해낼 수 있을 거야. 때려죽이는 것이 가장 간단한 방법이겠지만 말이야. 이런 경우에는 가장 간단한 방법이 가장 좋은 방법이거든. 크로머 같은 놈과 어울려 보았자 너한테 좋을 게 전혀 없어."

나는 집으로 돌아왔는데, 마치 1년쯤 집을 떠나 있었던 것만 같았다. 모든 것이 달라 보였다. 나와 크로머 사이에 미래나 희망 같은 것이 보였다. 나는 더 이상 혼자가 아니었다! 그제야 내가 지난 몇 주 동안 비밀을 끌어안은 채 얼마나 끔찍이 외로웠는지 깨달았다. 그리고 내가 여러 번 곰곰이 생각했던 것이 떠올랐다. 부모님에게 사실대로 고백하면 마음이 가벼워질 수는 있겠지만 나를 완전히 구원할 수는 없다는 것을. 그런데 이제 다른 사람에게, 낯선 사람에게 거의 다 고백하게 되었고 구원의 예감이 강렬한 향기처럼 나에게 밀려왔다!

나는 여전히 두려움을 극복하지 못했고 적과의 길고도 끔찍한 대결을 각오하고 있었다. 그럴수록 모든 것이 고요하고, 아주 비밀스럽고도 평온하게 흘러가는 것이 더욱 이상하게 느껴졌다.

우리 집 앞에서 크로머의 휘파람 소리가 사라졌다. 하루, 이틀, 사흘…… 일주일 동안이나. 도무지 믿기지 않았던 나는 전혀 예기치 못한 순간에 그가 불쑥 다시 나타나지 않을까 마음을 졸였다. 하지만 계속 나타나지 않았다! 나는 내게 주어진 새로운 자유를 미심쩍어하며 여전히 실감하지 못했다. 어느 날 프란츠 크로머와 우연히 마주치기 전까지는. 그는 자일러 골목을 따라 내가 있는 쪽으로 걸어 내려오고 있었다. 그는 나를 보자마자 움찔하더니 얼굴을 험하게 찡그리고 나를 피해서 몸을 돌려 그대로 가 버렸다.

상상도 할 수 없었던 순간이었다. 내 적이 나를 피해 도망치다니! 나의 악마가 나를 두려워하다니! 기쁨과 놀라움이 강하게 엄습했다.

그 무렵 데미안이 다시 내 앞에 나타났다. 그는 학교 앞에서 나를 기다리고 있었다.

"안녕."

나는 인사를 했다.

"안녕, 싱클레어. 네가 어떻게 지내는지 궁금해서 기다렸어. 크로머가 이제 더 이상 너를 괴롭히지 않지?"

"네가 그렇게 만든 거야? 하지만 대체 어떻게? 어떻게 한 거야? 뭐가 뭔지 모르겠어. 걔는 이제 내 앞에 나타나지 않아."

"그거 잘됐구나. 언젠가 다시 나타나기라도 하면, 안 그러겠지만 그 애야 뻔뻔한 녀석이니까 말이야, 그냥 그 애한테 데미안을 생각해 보라고만 해."

"그런데 어떻게 된 일이야? 걔랑 싸움을 벌여서 두드려 패기라도 한 거야?"

"아니, 난 그런 것은 좋아하지 않아. 그냥 이야기만 좀 했어. 너하고 얘기하듯이 말이야. 그래서 널 가만히 내버려 두는 것이 걔한테도 이로울 거라는 점을 분명히 깨닫게 해 줬을 뿐이야."

"설마 네가 걔한테 돈을 준 건 아니겠지?"

"아니야, 이 친구야. 그건 이미 네가 써 본 방법이잖아."

더 자세히 캐묻고 싶었지만 데미안이 가 버렸다. 나는 고마움과 부끄러움, 감탄과 두려움, 이끌림과 내적인 저항이 기묘하게 뒤섞인 답답함을 품은 채 그 자리에 남아 있었다.

조만간 그를 다시 만나서 모든 일들에 대해, 카인의 문제에 관해서도 더 자세히 얘기해 봐야겠다고 마음먹었다.

그러나 그렇게 되지 않았다.

고마움이란 내가 신뢰하는 미덕이 아니었고, 이것을 아이한테 요구하는 것은 잘못인 것처럼 여겼다. 그래서 내가 막스 데미안에게 대해 전혀 고마움을 표시하지 않은 것에 대해 그다지 이상하게 생각하지 않았다. 만약 데미안이 나를 크로머의 손아귀에서 구해 주지 않았다면 나는 평생 병들고 망가졌으리라고 오늘날에는 확신한다. 당시의 나도 그 구출이 내 어린 시절의 삶에서 가장 대단한 경험이었다고 느꼈다. 하지만 나를 구해 준 사람을 그런 기적을 행하자마자 무심히 내버려 두었다.

이미 말했듯이 고마움을 느끼지 않는 것이 이상하지는 않았다. 유일하게 이상했던 것은 내게 호기심이 없었다는 것뿐이었다. 데미안이 나에게 알려 준 비밀들을 좀 더 파헤쳐 볼 생각 없이 어떻게 그렇게 아무렇지 않게 태평하게 하루하루를 살 수 있었던 것일까? 카인에 대해서, 크로머에 대해서, 그리고 독심술에 대해서 더 듣고 싶은 욕망을 어떻게 억누를 수 있었던 것일까?

이해하기 어려운 일이지만 실제로 그랬다. 나는 갑자기 악마의 그물에서 풀려나서, 다시 밝고 즐거운 세상이 내 앞에 펼쳐졌고, 더 이상 불안 발작이나 숨이 막힐 듯한 두근거림에 시달리지 않게 되었다. 나를 얽매던 속박으로부터 풀려났고, 나는 더 이상 괴로움에 몸부림치는 저주받은 자가 아니라 예전의 평범한 학생으로 돌아왔다. 나의 본성은 가능한 한 빨리 다시 균형과 평온을 찾아가려고 애썼고, 무엇보다 추악하고 위협적인 것들을 떨쳐 내고 잊어버리려고 노력했다. 죄와 두려움에 떨던 나의 긴 이야기는 놀라울 만큼 빨리 내 기억에서 사라졌다. 그 어떤 흔적이나 별다른 인상을 남기지 않은 채.

내가 나를 도와주고 구해 준 사람마저도 그렇게 빨리 잊어버리려 했던 것을 지금 와서는 이해할 수 있다. 저주의 골짜기로부터, 크로머에게 받은 끔찍한 핍박으로부터 상처 입은 내 영혼이 모든 힘과 노력을 다해 이전의 행복하고 만족스러웠던 곳으로 달아났다. 다시 문이 열린 잃어버렸던 낙원으로, 아버지와 어머니의 밝은 세계로, 누나들에게로, 정결함의 향기로, 아벨처럼 하느님의 뜻을 따르는 곳으로 달아났다.

데미안과 짧은 대화를 나눈 그날, 내가 마침내 자유를 되찾았다고 완전히 확신하고 그런 일이 되풀이되리라는 두려움이 사라지자 그토록 갈망하고 원하던 일을 했다. 나는 고백을 했다. 나는 어머니에게 가서 망가진 자물쇠와 돈 대신 장난감 돈으로 채운 저금통을 보여 드리면서 이 잘못으로 인해 얼마나 오랫동안 그 못된 녀석한테 괴롭힘을 당했는지 다 털어놓았다. 어머니는 전부 이해하지는 못했지만, 저금통을 보고, 달라진 내 눈빛을 보고, 달라진 내 목소리를 듣고는 내가 이제 다 나아서 다시 어머니의 아들로 돌아왔음을 느꼈다.

나는 벅찬 감정으로 내가 다시 받아들여졌다는 사실을, 잃어버린 탕자의 귀향을 자축했다. 어머니는 나를 아버지에게 데리고 가서 내가 했던 얘기를 되풀이했다. 놀라움이 섞인 탄성과 질문이 쏟아졌고 부모님은 내 머리를 쓰다듬으며 오랫동안의 마음고

생에서 벗어나서 안도의 한숨을 내쉬었다. 모든 것이 더할 나위 없이 좋았고, 모든 것이 이야기책과 같았으며 모든 것이 경이롭고 조화로웠다.

나는 이제 진정한 열정을 가지고 이 세계로 뛰어들었다. 내가 되찾은 평안과 부모님의 신뢰는 아무리 누려도 물리지 않았다. 나는 집안의 모범적인 아들이 되었고, 그 어느 때보다 더 누나들과 많이 함께 놀았으며, 예배 시간에는 구원받고 회개한 사람의 심정으로 내가 좋아했던 찬송가들을 함께 불렀다. 진심에서 우러난, 어떤 거짓도 깃들지 않은 행동이었다.

그렇다고 해서 다 정상으로 돌아온 것은 아니었다! 바로 이 지점에서 내가 데미안을 그렇게 쉽게 잊은 이유를 제대로 설명할 수 있다. 나는 그에게 고백했어야 했다! 그 고백은 그렇게 화려하거나 감동적이지는 않았겠지만 내게 훨씬 더 많은 결실을 가져다주었을 것이다. 이제 나는 내가 속했던 낙원에 모든 뿌리내리고 정착했으며, 그렇게 집으로 돌아온 나를 가족들은 자애롭게 맞아주었다. 하지만 데미안은 이 세계에 절대 속하지 않았고 어울리지도 않았다. 크로머와는 달랐지만 데미안 역시 유혹하는 자였고 내가 다시는 알고 싶지 않은 악하고 나쁜 두 번째 세계와 나를 연결하는 존재였다. 내가 다시 아벨이 된 지금에 와서 아벨을 포기하고 카인을 찬양하는 것을 거들 수도 없었고 그러고 싶지도 않았다.

 표면적인 맥락은 그랬다. 하지만 내면적으로는 조금 달랐다. 나는 크로머와 악마의 손아귀에서 벗어났다. 하지만 나 자신의 힘과 노력으로 그렇게 된 것이 아니었다. 나는 이 세상의 오솔길을 걸어가려고 했지만 그 길이 내게는 너무 미끄러웠다. 친절한 손길이 나를 구해 준 덕분에 더 이상 한눈팔지 않고 어머니의 품으로, 보호받고 경건했던 어린 시절의 보금자리로 달려갔다. 나는 실제보다 더 어리고 의존적이고 천진난만하게 굴었다. 나는 크로머에게 매여 있던 것을 새로운 것으로 대체해야 했다. 혼자서는 갈 수 없었기 때문이다. 그래서 나는 맹목적으로 아버지와 어머니에게, 옛날의 사랑스러운 '밝은 세계'에 속하는 것을 선택했다. 그 세계가 유일한 세계가 아니라는 것을 이미 알면서도 말이다. 만약 내가 그러지 않았다면 나는 데미안에게 의지하며 나를 맡겼을 것이다. 당시에는 그 이유를 데미안의 이상한 생각에 대해 내가 느끼는 마땅한 불신 때문이라고 생각했지만, 사실은 두려움 때문이었다. 데미안은 내게 부모님보다 더 많은 것, 훨씬 더 많은 것을 요구했을 것이다. 그는 자극과 경고, 조롱과 빈정거림으로 나를 보다 더 자립적인 사람으로 만들려고 애썼을 것이다. 이제 나는 안다. 자기 자신에게 이르는 길을 가는 것보다 인간에게 더 달갑지 않은 일은 없다는 것을!

　그렇지만 나는 반년쯤 지나자 유혹을 참지 못하고 같이 산책 중이던 아버지에게 일부 사람들이 아벨보다 카인이 더 좋은 사람이라고 설명하는 것에 대해 어떻게 생각하는지 물었다.

　아버지는 몹시 놀라며 그런 해석은 전혀 새로운 것이 아니라고 설명했다. 그런 견해는 심지어 원시 기독교 시대에도 있었고 여러 종파에서 가르치기도 했는데, 그중 하나가 '카인파'라고 불리는 종파라고 했다. 그러나 이런 미친 교리는 우리의 믿음을 파괴하려는 악마의 시도일 뿐이라고 했다. 만약 카인이 정당하고 아벨이 부정하다고 믿는다면 하느님이 실수를 저지른 것이 되고, 성경에 나오는 하느님은 공의로운 유일한 하느님이 아니라 그릇된 하느님이라는 결론이 나오기 때문이다. 카인파는 실제로 이와 비슷한 교리를 가르치고 설파했지만 이런 이단은 이미 오래전에 사라졌다고 했다. 아버지는 내 학교 친구가 어떻게 그런 것을 알고 있는지 놀라워했다. 그러면서 어쨌든 그런 생각은 하지 말라고 나를 진지하게 타일렀다.

예수 옆에 매달린 도둑

나의 유년 시절, 아버지와 어머니의 보호 속에 누렸던 안전한 생활, 부모님을 향한 사랑 그리고 온화하고 사랑스럽고 밝은 환경에서 만족스럽고 즐거운 생활 등에 대하여 이야기하는 것은 아름답고 다정하고 사랑스러운 일일 것이다. 하지만 내 관심을 사로잡는 것은 내 삶에서 나 자신에게 이르기 위해 내디딘 발걸음들뿐이다. 안락한 휴식처, 행복의 섬과 낙원의 매력을 나도 모르는 바 아니지만, 그 모든 것들을 아득히 먼 빛 속에 남겨 두고 다시는 그곳에 발을 들여놓을 열망을 품지 않는다.

그러므로 나의 소년 시절에 대해 이야기를 하는 동안에는 나에게 일어난 새로운 일들, 나를 전진시켰던 일들, 나를 떼어 놓게 만든 일에 대해서만 얘기하려 한다.

이런 자극들은 언제나 '다른 세계'로부터 왔으며 언제나 두려움과 속박과 양심의 가책을 동반했다. 늘 혁명적이었고 내가 기꺼이 머물고 싶었던 평화를 위협했다.

허용된 밝은 세계에서는 숨어 있었던 원초적인 욕구가 내 안에 있음을 깨닫게 되는 시절이 찾아왔다. 다른 사람들과 마찬가지로 나도 서서히 성에 눈을 뜨기 시작했고, 그 감정은 적이자 파괴자, 금지된 것, 유혹과 죄악으로 나를 덮쳤다. 나의 호기심이 탐색하는 것, 꿈과 쾌감과 두려움을 만들어 내는 것, 이 사춘기의 커다란 비밀은 평화로운 어린 시절 아늑한 행복에는 도무지 어울리지 않았다. 나는 다른 사람들처럼 행동했다. 나는 더 이상 어린아이가 아닌 아이가 되어 이중생활을 했다. 내 의식은 친숙한 것과 허용된 것 안에서 살았고, 내 의식은 희미하게 밝아 오는 새로운 세계를 부인했다. 동시에 나는 은밀한 꿈과 본능과 갈망 속에서도 살았다. 의식의 삶은 그 위에 점점 위태로워지는 다리를 만들었다. 내 안에서 어린아이의 세계가 무너졌기 때문이다. 다른 부모님들과 마찬가지로 나의 부모님도 내 안에서 깨어나는 충동에 도움이 되지 않았다. 부모님은 그저 점점 더 비현실적이고 위선적이 되어 가는 현실을 부정하고 어린아이의 세계에 계속 머무르려는 나의 절망적인 시도를 한없이 세심하게 도와주었을 뿐이었다. 부모가 이런 점에서 과연 얼마나 도움이 될지 의문이기에 나는 우리 부모님을 비난하고 싶지는 않다. 내 일을 알아서 처리하고 자기 길을 찾는 것은 내가 할 일이었다. 그런데 가정교육을 잘 받은 집안의 아이들이 대부분 그렇듯이 나도 자기 문제를 처리하는데 서툴렀다.

 누구나 이런 어려움을 겪기 마련이다. 평범한 사람들이 자기 삶의 요구가 주변 세계와 가장 격렬하게 부딪히는 지점이며 앞으로 나아가는 길을 가장 혹독하게 쟁취해야 하는 지점이기도 하다. 많은 이들은 이때 생애에 단 한 번 숙명적인 죽음과 재탄생을 경험한다. 유년 시절이 허물어지고 천천히 붕괴될 때, 친숙했던 모든 것들이 곁을 떠나며 갑자기 자신을 둘러싼 우주의 치명적인 냉기와 고독을 느낀다. 많은 사람이 이 낭떠러지에 영원히 매달려 있고, 평생 고통스럽게 돌이킬 수 없는 과거, 그리고 모든 꿈 중에서 가장 나쁘고 치명적인 꿈인 잃어버린 낙원의 꿈에 매달린다.

앞에서 하던 이야기로 돌아가 보자. 내게 어린 시절의 종식을 알린 감정과 환상은 이야기할 만큼 중요하지는 않다. 중요한 것은 그 '어두운 세계', 그 '다른 세계'가 다시 나타났다는 사실이다. 한때 프란츠 크로머였던 것이 이제는 내 안에 자리를 잡고 있었다. 그 '다른 세계'는 외부에서 다시 나에게 힘을 행사하게 되었다.

크로머와의 일 이후 여러 해가 지났다. 내 삶에서 아주 극적이고 죄악으로 가득했던 그 시절은 이제 아득히 멀어졌고 짧은 악몽처럼 소멸한 것 같았다. 프란츠 크로머는 이미 오래전 내 인생에서 사라졌고 그와 우연히 마주친다고 해도 거의 신경 쓰지 않았다. 하지만 내 비극의 또 다른 주요 인물인 데미안은 내 주변에서 완전히 사라지지는 않았다. 그는 오랫동안 멀리 가장자리에 떨어져 있었으며, 눈에 보이긴 했으나 나에게 영향력을 행사하지는 않았다. 그는 아주 서서히 다시 내게 다가와 다시 힘과 영향력을 행사했다.

그 시절의 데미안에 대해 내가 알고 있는 기억을 곰곰이 떠올려 본다. 나는 1년 또는 더 오랫동안 데미안과 단 한마디도 하지 않은 것 같다. 나는 그를 피해 다녔고 그는 절대 나를 성가시게 하지 않았다. 우리가 어쩌다 마주치면 그는 나를 보며 고개만 끄덕여 인사했다. 그의 다정한 태도에 비웃음이나 반어적인 비난이 깃들진 않았는지 가끔 생각할 때도 있었지만 그것은 아마도 공연한 억측에 불과했을 것이다. 내가 데미안과 함께 경험한 일과 그가 나에게 행사했던 이상한 영향력에 대해서는 우리 둘 다 잊어버린 듯했다.

그의 모습을 떠올려 본다. 그에 대해 곰곰이 생각해 보면 그가 어딘가에 있었고 나는 그를 알아차리고 있었다는 것을 깨닫게 된다. 그가 혼자 또는 상급생들 사이에서 학교에 가는 모습을 보곤 했다. 그가 자신만의 공기에 둘러싸여 자신만의 법칙에 따라 살면서 낯설고 외롭고 조용히, 마치 별처럼 그들 사이에서 걷는 모습이 보였다. 아무도 그를 좋아하지 않았고, 아무도 그와 친하게 지내지 않았다. 그는 오직 어머니하고만 친하게 지냈는데, 어머니에게도 아이처럼 굴지 않고 어른처럼 굴었다. 선생님들은 가능하면 그를 건드리지 않고 내버려 두었다. 착실한 학생이기는 했지만 굳이 누구의 마음에 들려고 애쓰지 않았다. 우리는 이따금 소문으로 그가 어떤 선생님에게 했다는 냉혹한 도전이나 역설적인 말이나 조롱 또는 항변을 전해 들었다.

눈을 감고 생각해 보면 그의 모습이 떠오른다. 그게 어디였을까? 그렇다, 이제 다시 그곳이었다. 우리 집 앞에 있는 골목이었다. 어느 날 그가 손에 공책을 들고 서서 그림을 그리고 있는 것을 보았다. 그는 우리 집 대문 위에 붙어 있는 낡은 문장에 새겨진 새를 그리고 있었다. 나는 커튼 뒤로 몸을 숨긴 채 창가에 서서 그를 지켜보았다. 냉철하면서도 밝은 그의 얼굴이 집중해서 문장을 바라보고 있는 모습을 보자 감탄이 절로 나왔다. 그것은 남자, 연구자 또는 예술가의 얼굴이었다. 우월하고 의지로 가득하고 이상하게도 밝으면서 차가운 얼굴이었으며 뭔가를 아는 눈빛이었다.

그리고 또 다른 모습은 그로부터 얼마 지나지 않아서 길거리에서 보았다. 학교에서 돌아오는 길에 우리는 쓰러진 말 주위를 둘러싸고 서 있었다. 말은 농부들이 주로 쓰는 마차 앞 끌채에 묶인 채 쓰러져 있었고, 애원하듯 그리고 애절하게 허공을 향해 콧구멍을 벌름거리며 숨을 헐떡거렸다. 어딘지 알 수 없는 상처에서 피가 흘러나와 말의 옆구리 쪽에 있는 길가의 하얀 모래가 서서히 검붉게 물들었다. 메스꺼워 고개를 돌렸을 때 데미안의 얼굴을 보았다. 그는 사람들을 헤치며 앞으로 밀고 나오지 않았고 늘 그렇듯이 맨 뒤에서 우아하고 여유 있는 모습으로 서 있었다. 그의 시선은 말의 머리를 향한 듯 보였고 다시금 그 깊고 고요하고 거의 광적이면서도 냉담하게 느껴지는 집중력을 보였다. 나는 한참 동안 그를 물끄러미 쳐다볼 수밖에 없었다. 그때 의식 저 멀리서부터 매우 독특한 무언가를 느꼈다. 내가 보는 데미안의 얼굴이 소년이라기보다는 성인 남자의 모습이라는 사실이었다. 그뿐만 아니라 더 많은 것도 보았다. 성인 남자의 얼굴이 아니라 또 다른 무엇을 보거나 감지했다고 믿었다. 그의 얼굴에는 마치 여자 얼굴 같은 느낌도 있었다. 그리고 한 순간 그의 얼굴이 성인 남자나 아이의 얼굴 같은 늙거나 젊은 얼굴이 아니라 어쩐지 천 살쯤 된, 시간을 초월한, 우리가 살고 있는 시간과는 전혀 다른 시간에 살고 있는 사람의 것처럼 보였다. 동물은 그렇게 보일 수도 있다. 나무나 별도 마찬가지다. 그때 난 잘 알지 못했고 어른이 된 지금도 내가 말하고 있는 것들을 그때와 똑같진 않지만 그 비슷한 것을 느꼈다. 어쩌면 그는 아름다웠고, 어쩌면 그는 내 마음에 들었거나 들지 않았을 수도 있는데 이것 역시 결론을 내릴 수 없었다. 다만 나는 그가 우리와는 다르다는 것은 보았다. 그는 동물이나 유령, 또는 그림 같았다. 그가 어떤 모습이었다고 해야 할지 모르겠지만 그는 우리 모두와 상상할 수 없을 만큼 달랐다.

 그 이상은 기억나지 않는다. 그리고 어쩌면 이것조차 일부분은 훗날의 인상에서 영향을 받아 만들어 낸 것인지도 모른다.

 내가 몇 살 더 나이를 먹은 후에야 마침내 그와 다시 가까워질 계기가 생겼다. 데미안은 관례대로 동갑내기들과 함께 교회에서 입교(세례를 받아 정식으로 신자가 되어 교회의 구성원이 되는 일) 예식을 치러야 했으나, 그러지 않았다. 그래서 또다시 이런저런 소문이 나돌았다. 학교에서는 그가 원래 유대인이다, 이교도다 등 말이 많았고, 그가 어머니와 마찬가지로 무신론자라든가 전설 속에 나오는 사악한 종파에 빠졌다고 떠들어 대는 아이들도 있었다. 그가 어머니와 마치 연인처럼 살고 있다는 소문도 들은 것 같다. 아무튼 그는 지금껏 그 어떤 신앙고백도 없이 자랐는데 이것이 그의 장래에 어떤 불이익으로 작용할까 봐 걱정됐는지 그의 어머니는 동갑내기들보다 2년 늦은 지금이라도 그를 입교시키기로 했다. 그래서 그는 몇 달 동안 나와 함께 입교 교육을 받게 되었다.

 한동안 나는 그에게서 멀찍이 떨어져 지냈고 그와 어울리고 싶지도 않았다. 그에 대한 소문과 비밀이 너무 파다했고 무엇보다 크로머와의 일 이후에 그에게 마음의 빚을 지고 있다는 감정에 부담스러웠다. 그 당시 나는 나 자신의 비밀만으로도 여념이 없었다. 입교 교육을 받던 시기는 내가 성에 결정적으로 눈을 뜨던 시기였다. 그래서 나의 선량한 의지에도 불구하고 경건한 가르침에 관심이 떨어질 수밖에 없었다. 내게 목사님의 말씀은 저 멀리 떨어진 고요하고 성스러운 비현실 속에 있었으며, 말씀들이 아름답고 소중할지는 몰라도 결코 현실적이거나 내 마음에 와닿지는 않았다. 반면 내가 직면한 다른 문제들은 지극히 현실적이고 자극적이었다.

 이런 상황 때문에 수업에 무관심해질수록 막스 데미안을 향한 관심은 다시 점점 더 커졌다. 무언가가 우리를 연결하는 듯했다. 나는 그 실마리를 가능하면 정확하게 따라가고 싶다. 내 기억으로 그것은 교실에 아직 불을 켠 이른 아침 시간에 시작되었다. 목사님은 카인과 아벨 이야기를 하고 있었다. 나는 수업에 거의 집중하지 않았고 졸려서 듣는 둥 마는 둥 했다. 그때 목사님이 목소리를 높여 카인의 표식에 관해 이야기했다. 그 순간 나는 일종의 접촉 또는 경고 같은 느낌을 받았다. 고개를 들자 앞줄에서 나를 향해 뒤돌아 앉은 데미안이 보였다. 말을 거는 듯한 맑은 눈빛이었는데, 표정은 비웃는 것 같기도 하고 진지한 것 같기도 했다. 그가 잠깐 쳐다보았을 뿐인데 나는 갑자기 목사님 말씀에 귀를 쫑긋 세웠다. 목사님이 카인과 그의 표식에 대해 말하는 것을 들었다. 나의 내면 깊은 곳에서는 목사님이 가르치는 내용과 다르다는 것을, 그 문제를 다르게 바라볼 수도 있다는 것을, 목사님이 가르치는 내용을 비판할 수도 있다는 것을 깨

닮았다.

 그 순간 데미안과 나 사이에 다시 연결 고리가 생겼다. 신기하게도 영혼의 결속을 느끼자마자 그 느낌이 마치 마법처럼 육체적 공간으로도 옮겨왔다. 데미안이 직접 그렇게 한 것인지 아니면 그냥 순전히 우연이었는지는 알 수 없었다. 그때만 해도 우연을 굳게 믿고 있었다. 며칠 후 데미안은 종교 수업 시간에 갑자기 자리를 바꿔서 바로 내 앞에 앉았다(비참한 빈민 구호 시설처럼 학생들이 빽빽이 들어차 있는 교실의 냄새 속에서 아침마다 그의 목덜미에서 나던 부드럽고 신선한 비누 향기를 나는 아직도 생생하게 기억하고 있다!). 그리고 며칠 후 그는 또다시 자리를 바꿔 내 옆자리에 앉았고 겨우내 그리고 봄이 다 가도록 그 자리에 계속 앉았다.

 아침 수업 시간은 완전히 달라졌다. 더 이상 졸리거나 지루하지 않았다. 오히려 수업 시간이 기다려졌다. 우리는 아주 집중해서 목사님의 말씀에 귀를 기울였다. 내 옆자리에 앉은 데미안은 내게 눈빛을 보내 이상한 이야기나 기이한 구절에 주목하게 했다. 그리고 그가 보내는 확고한 눈빛은 내게 어떤 경고를 하였고, 내 마음속에서 비판과 의혹을 품도록 했다.

 하지만 우리는 종종 불성실한 학생이 되어 수업 내용을 전혀 듣지 않을 때도 있었다. 데미안은 원래 선생님이나 다른 학생에게 점잖게 대했고, 보통 학생들처럼 어리석은 행동을 하거나 크게 웃거나 수다를 떠는 것을 한 번도 본 적이 없었다. 선생님에게 혼나는 것 역시 한 번도 본 적이 없었다. 하지만 그는 아주 나직한 속삭임, 또는 어떤 신호나 눈빛으로 자신이 열중하는 일에 나를 끌어들이곤 했다.

 가령 그는 학생 중에 누구에게 관심이 가는지, 그리고 어떤 방식으로 그들을 연구하고 있는지 말해 주었다. 매우 정확하게 아는 학생도 있었다. 그가 수업 시간 전에 말했다. "내가 엄지손가락으로 너한테 신호를 보내면 쟤하고 쟤가 우리를 향해 돌아보거나 목덜미를 긁을 거야" 같은 말을 했다. 그런 얘기를 까맣게 잊고 있다가 수업 시간 중에 데미안이 갑자기 눈에 띄게 행동하며 내게 엄지로 신호를 보내면 나는 재빨리 그가 지목했던 학생들을 쳐다보았다. 그러면 그들은 마치 데미안의 조정을 받은 듯 매번 데미안의 말대로 행동했다. 나는 데미안에게 선생님에게도 한번 그렇게 해 보라고 했지만 그는 하려 하지 않았다. 그렇지만 한 번, 내가 수업 시간에 들어와서 오늘 해야 할 숙제를 못 했으니 오늘은 목사님이 나에게 아무 질문도 하지 않았으면 좋겠다고 말하자 그가 도움을 준 적이 있었다. 교리문답의 한 구절을 외울 학생을 찾아 두리번거리던 목사님의 시선이 안절부절못하는 내 얼굴에 꽂혔다. 목사님이 천천히 다가와 나를 향해 손가락을 뻗으며 내 이름을 막 호명하려는 순간 갑자기 산만해지고 우물쭈물하더니 옷깃을 만지작거렸다. 그러더니 그를 뚫어지게 쳐다보던 데미안에게 질문을 하려는 듯 보였다. 하지만 목사님은 갑자기 다시 몸을 돌려 잠시 기침을 하더니 다른 학생을 지목했다.

나는 이런 장난이 상당히 재미있었지만, 나한테도 데미안이 이런 장난을 자주 친다는 것을 서서히 깨달았다. 학교 가는 길에 불현듯 데미안이 내 뒤에서 따라오고 있다는 느낌이 들어 뒤돌아보면 정말 그가 있었다.

"네가 원하는 대로 다른 사람의 생각을 조정할 수 있는 거야?"

내가 물었다. 그는 특유의 어른스러운 태도로 침착하고 조리 있게 기꺼이 설명해 주었다.

"그렇지 않아."

그가 말했다.

"그렇게 할 수 있는 사람은 없어. 인간에게는 자유의지가 없거든. 목사님은 있다고 말하지만, 자신이 원하는 대로 생각할 수도 없고, 내가 원하는 대로 다른 사람을 생각하게 만들 수도 없어. 그렇지만 누군가를 잘 관찰할 수는 있어. 그러면 그 사람이 무엇을 생각하고 느끼는지 상당히 정확하게 말할 수 있어. 그래서 그 사람이 다음 순간에 어떤 행동을 할지 대부분 예측할 수 있게 되는 거야. 아주 간단한 일인데 사람들이 그냥 모르고 있을 뿐이지. 물론 조금 연습이 필요해. 예를 들면 나비 중에서 어떤 나방 종류가 있는데 수컷보다 암컷의 수가 훨씬 적어. 이 나방은 다른 동물들처럼 번식을 해. 수컷이 암컷을 수정시키고 암컷은 알을 낳지. 만약 네가 이런 암컷 나방 한 마리를 가지고 있다면(이건 과학자들이 자주 하는 실험이야.) 밤에 수나방들이 이 암컷에게 날아와. 몇 시간이나 떨어진 곳에서 말이야! 정말 몇 시간이나 떨어진 곳에서 날아온다는 것을 생각해 봐! 수 킬로미터 떨어진 곳에서도 모든 수컷은 그 근처에 암컷이 단 한 마리밖에 없다는 것을 감지하는 거야! 사람들은 이것을 설명하려고 하지만 설명하기가 쉽지 않아. 아마도 일종의 후각기관이나 뭐 그런 것 때문일 거야. 훌륭한 사냥개가 눈에 띄지 않는 흔적을 찾아내서 추적할 수 있는 것처럼 말이야. 무슨 말인지 이해하겠니? 바로 그런 일들이 있지. 자연은 그런 일들로 가득하고 아무도 그것을 설명할 수는 없어. 하지만 내가 하고 싶은 말은 이거야. 이 암나방의 개체 수가 수컷만큼 많다면 수컷의 후각기관이 그만큼 섬세하게 발달하지 않았을 거라는 거야! 훈련을 통해 그런 후각기관을 갖게 된 거지. 어떤 동물이든 사람이든 모든 주의력과 의지를 특정한 곳에 집중하면 거기에 도달할 수 있어. 그게 다야. 아까 네가 말한 것도 마찬가지야. 어떤 사람을 충분히 자세히 바라보면 너는 그 사람에 대해 그 자신보다도 더 많은 것을 알게 될 거야."

내 입가에는 '독심술'이라는 말이 맴돌았고 옛날에 크로머와의 일을 상기할 뻔했다. 하지만 이것은 우리 둘 사이의 미묘한 일이었다. 몇 년 전에 그가 나의 인생에 진지하게 개입한 적이 있었다는 사실에 대해서 우리 둘 다 절대 언급하는 법이 없었다. 마치 예전에 우리 사이에 아무 일도 없었고 상대방이 그 일을 잊어버렸다고 여기는 것 같았다. 둘이 함께 걸어가다가 한두 번 정도 프란츠 크로머와 마주친 적이 있었는데, 우리는 서로 눈빛을 교환하거나 그에 대한 말을 꺼낸 적이 없었다.

"그럼 의지는 어떻게 되는 거야?"

내가 물었다.

"넌 인간에게 자유의지가 없다고 했어. 그런데 무언가를 향해 확고한 의지만 있으면 목적을 목표에 다다를 수 있다고 했잖아. 만약 내가 내 의지의 주인이 아니라면 내가 마음대로 이런저런 곳에 의지를 집중할 수 없는 노릇이잖아."

그는 내 어깨를 토닥였다. 내가 그를 기쁘게 하면 그가 하는 행동이었다.

"그런 질문을 하다니 정말 좋은데!"

그가 웃으며 말했다.

"사람은 항상 질문을 해야 해. 항상 의심해야 하고. 하지만 그건 아주 간단한 문제야. 예를 들어 만약 나방이 어떤 별이나 다른 곳에 자신의 의지를 집중하려 했다면 그건 불가능했을 거야. 나방은 애초에 그런 시도조차 하지 않았지만. 나방은 자기에게 의미가 있고 가치가 있는 것, 필요한 것 그리고 그가 반드시 가져야 하는 것만 찾아. 그럴 때 믿을 수 없는 일을 해내는 거야. 나방은 다른 어떤 동물도 갖지 못한 마법 같은 육감을 발달시키는 거야! 물론 우리는 동물보다 활동 범위가 넓고 관심 분야도 많아. 하지만 우리 인간도 비교적 좁은 영역 안에 묶여서 벗어날 수 없어. 물론 이런저런 상상을 해 볼 수는 있겠지. 반드시 북극에 가 보겠다는 것과 같은 상상 말이야. 하지만 그 소원이 온전히 내 안에 있고 내가 그 소원으로 완전히 충만해졌을 때만 그런 상상을 강력히 원하고 실행에 옮길 수 있는 거야. 정말 그런 경우라면, 너의 내면에서 우러나오는 명령에 따르면 할 수 있어. 그러면 네 의지를 순한 말처럼 잘 다룰 수 있을 거야. 예를 들어 내가 지금 우리 목사님이 앞으로는 안경을 쓰지 않도록 해야겠다고 생각한다면 그건 이루어지지 않아. 그냥 장난에 불과한 거야. 하지만 지난가을에 앞줄이었던 내 자리에서 다른 자리로 옮겨야겠다는 확고한 의지를 갖자 제대로 이루어졌어. 알파벳순으로 나보다 앞에 있던 한 명이 아파서 그때까지 못 나오다가 갑자기 나타난 거야. 누군가 그에게 자리를 내줘야 했을 때 내가 자리를 내주었지. 내 의지는 기회를 즉시 움켜쥘 준비가 되어 있었으니까."

"그래."

내가 말했다.

"나도 그때 정말 이상하다고 생각했어. 우리가 서로 관심을 갖게 된 순간부터 너는 점점 내게 가까이 앉게 됐거든. 그런데 어떻게 된 거야? 처음부터 바로 내 옆에 앉았던 건 아니잖아. 처음에는 내 바로 앞줄에 앉았잖아. 어떻게 한 거야?"

"처음 자리를 옮겨야겠다는 생각이 들었을 때 어디로 가고 싶은지 나도 확실히 잘 알지 못했어. 다만 좀 더 뒤쪽에 앉고 싶다는 생각만 했지. 너에게 가겠다는 것은 내 의지였지만 그때까지 나도 잘 의식하지 못했어. 동시에 너의 의지도 작용해서 나를 도왔지. 네 앞줄에 앉게 되고 나서야 비로소 내 소원이 절반만 이루어진 것을 깨달았어. 원래 원했던 것은 바로 네 옆이라는 것을 안 거지."

"하지만 그때는 새로 들어온 학생도 없었잖아."

"없었지. 하지만 그때 나는 그냥 내가 원하는 대로 했어. 그냥 재빨리 네 옆자리에 앉아 버렸지. 나하고 자리를 바꾸게 된 아이는 그저 어리둥절하며 내가 하는 대로 그냥 내버려 뒀어. 그리고 목사님은 뭔가 바뀌었다는 것을 알아채셨지. 목사님은 나를 대할 때마다 무언가가 마음에 걸렸던 거야. 내 이름이 데미안인 걸 아시는데 이름이 D로 시작하는 내가 저쪽 뒤에 이름이 S로 시작되는 아이들 가운데 앉아 있는 것이 뭔가 잘못됐다는 것을 눈치채셨겠지. 하지만 그 사실이 목사님의 의식에까지 전달되지는 않았어. 내 의지가 그렇게 하지 못하도록 가로막고 방해했기 때문이지. 목사님은 번번이 뭔가 이상하다는 것을 느끼고 나를 쳐다보면서 곰곰이 생각하시지. 나는 간단한 대처법을 알아. 그럴 때마다 목사님의 눈을 아주 뚫어지게 쳐다보는 거야. 대부분 그렇게 쳐다보면 상당히 부담스러워하거든. 모두 불안해하지. 만약 뭔가를 얻어 내고 싶은 사람을 갑자기 뚫어지게 쳐다봤는데 전혀 동요하지 않는다면 포기해! 그 사람한테서 얻어 낼 수 있는 건 없어. 절대로! 하지만 그런 경우는 흔치 않아. 그런 게 통하지 않는 사람을 단 한 명 알고 있어."

"그게 누군데?"

내가 얼른 물었다. 생각에 잠길 때면 늘 그렇듯 그가 눈을 가늘게 뜨고 나를 쳐다보았다. 그러더니 눈길을 돌리고 아무런 대답을 하지 않았다. 나는 몹시 궁금했지만 다시 질문할 수는 없었다.

아마도 그의 어머니일 것이라 짐작할 뿐이었다. 그는 어머니와 아주 친밀한 관계인 듯 보였지만 어머니에 대해 얘기한 적이 한 번도 없었고 나를 집으로 데리고 간 적도 없었다. 나는 그의 어머니의 생김새조차 잘 알지 못했다.

데미안을 따라서 몇 번 내 의지를 어딘가에 집중해서 이루고자 하는 시도를 했다. 그중에는 나에게 충분히 절박한 소망들도 있었다. 하지만 아무 소용이 없었고 아무것도 이루어지지 않았다. 그 일에 관해 데미안과 이야기해 볼 용기는 없었다. 내 소망을 그에게 솔직하게 털어놓을 수 없었다. 데미안도 굳이 묻지 않았다.

그러는 사이에 내 신앙심에 여기저기 구멍이 나기 시작했다. 하지만 나는 철저히 데미안에게 영향을 받은 내 생각과 불신앙을 밝히는 일부 동급생들의 생각을 뚜렷이 구분했다. 일부 학생들은 유일한 하느님을 믿는 것이 우스꽝스럽고 인간답지 않은 일이며 삼위일체 이야기와 예수의 동정녀 탄생 이야기는 웃기는 것이며, 오늘날에도 여전히 그런 터무니없는 이야기가 떠도는 것은 수치스러운 일이라고도 했다. 나는 절대 그렇게 생각하지 않았다. 의문스러운 부분들이 있기는 했지만, 내 어린 시절의 체험을 통해 부모님의 삶 같은 경건한 삶이 존재한다는 것을 충분히 알고 있었다. 나는 이것이 가치가 없거나 위선이 아님을 알았다. 나는 예전과 다름없이 종교에 대한 깊은 경외심을 품고 있었다. 다만 나는 데미안의 영향을 받아 이야기와 교리들을 조금 더 자유롭고, 개인적으로, 유희적으로 그리고 상상력을 동원해서 바라보고 해석하는 데 익숙해졌다. 적어도 나는 그가 나에게 들려주는 해석을 기꺼이 받아들였다. 그중에는 카인 이야기와 마찬가지로 지나치다고 생각되는 것들도 있었다. 그리고 한번은 입교 교육 중에 한층 더 대담한 관점으로 깜짝 놀라게 했다. 목사님은 골고다 언덕에 관한 이야기를 했다. 구세주의 고난과 죽음에 관한 이야기는 아주 어렸을 때부터 내게 깊은 인상을 남겼다. 어린 시절, 수난의 금요일 같은 날 아버지가 예수의 수난 이야기를 읽어 주면, 나는 마음 깊이 감동을 받아 고통스럽게 아름답고 창백하고 유령 같으면서도 무척이나 생생한 세계, 바로 겟세마네 동산과 골고다 언덕에 사로잡혔다. 그리고 바흐의 〈마태수난곡〉을 들을 때면, 비밀스러운 세계의 어둡고도 강렬한 고난의 광채가 신비한 전율로 나를 사로잡았다. 나는 오늘날에도 이 음악과 바흐의 칸타타 〈악투스 트라지쿠스〉를 모든 시와 예술적 표현의 진수라고 생각한다.

수업이 끝날 즈음 데미안은 생각에 잠긴 얼굴로 나에게 말했다.

"싱클레어, 뭔가 마음에 들지 않는 점이 있어. 그 이야기를 다시 한번 읽어 보고 잘 음미해 봐. 뭔가 석연치 않은 맛이 나. 예수와 함께 십자가에 못 박힌 두 강도 이야기 말이야. 언덕 위에 십자가 세 개가 나란히 서 있는 건 정말 인상적이야! 그런데 그 착한 강도에 관한 감상적인 설교가 되어 버리다니! 그는 원래 범죄자였고 무슨 짓을 저질렀는지 모르겠지만 어쨌든 수치스러운 행위를 저지른 것이 분명해. 그런데 그런 사람이 갑자기 마음이 온화해져서 회복과 회개로 눈물진 축제를 벌이다니! 무덤을 두 발짝 앞에 두고 하는 그런 회개가 대체 무슨 의미가 있지? 이건 성직자들이 흔히 늘어놓는 이야기에 불과해. 달콤하지만 솔직하지 못하고 감상적이거나 감동적인 요소를 가미한 신앙심을 불러일으키는 이야기일 뿐이라고. 네가 지금 만약 두 강도 중에서 한 명을 친구로 선택해야 한다거나, 둘 중 누구를 더 신뢰할 수 있을지 골라야 한다면 울먹이며 회개를 한 그 강도는 틀림없이 아닐 거야. 아니고말고. 다른 강도야말로 사나이 같고 강직한 성격의 소유자였으니까. 그는 자기 처지에서 그저 알량한 이야기에 불과한 회개 따위는 무시해 버렸지. 그는 제 갈 길을 끝까지 가면서 그를 도와준 악마에게 마지막 순간까지 등을 돌리는 비겁한 짓은 하지 않았어. 그는 성격이 강한 사람이었고, 성격이 강한 사람은 성경 이야기에서는 제대로 된 대접을 받지 못하지. 어쩌면 그는 카인의 후예였을지도 몰라. 그렇게 생각하지 않니?"

몹시 충격적이었다. 십자가 수난 이야기를 아주 잘 안다고 생각해 왔는데 이제야 비로소 이 이야기를 그동안 얼마나 나만의 생각이나 상상력과 환상 없이 곧이곧대로 받아들였는지 깨달았다. 데미안의 새로운 생각은 내게 치명적으로 들렸고 고수하지 않으면 안 된다고 믿었던 나의 내면의 관념을 뒤흔들려고 위협했다. 안 될 일이었다. 그렇게 모든 것을, 신성한 이야기마저 뒤집어엎을 수는 없는 것이다.

늘 그렇듯이 데미안은 내가 미처 말을 꺼내기도 전에 내가 거부감을 느낀다는 것을 곧바로 알아차렸다.

"나도 알아."

그가 체념하며 말했다.

"오래된 이야기지. 너무 심각하게 받아들일 건 없어! 하지만 너한테 해 주고 싶은 말이 있어. 바로 여기에 이 종교의 결함을 아주 분명하게 보여 주는 점이 있어. 구약이나 신약 속의 하느님은 탁월한 분이지만 본래 하느님이 가지고 있어야 할 그런 모습이 아니야. 하느님은 선하고 고귀하고 아버지같이 아름답고 높고 다감한 존재라는 것은 아주 옳은 말이야! 하지만 세상에는 또 다른 것들이 존재해. 그런 것은 모조리 악마의 것으로 취급해 버리지. 세상의 이러한 부분, 즉 세상의 절반이 은폐되고 묵살되어 버리는 거야. 하느님이 모든 생명의 아버지라고 찬양하면서도 생명의 근원이 되는 성생활은 그냥 묵살해 버리고 걸핏하면 악마적인 것이라거나 죄악이라고 치부하고 있어! 나는 사람들이 여호와 하느님을 숭배하는 것에 대해서는 조금도 반대하지 않아. 하지만 우리가 모든 것을 숭배하고 거룩하게 여겨야 한다고 생각해. 인위적으로 나눈 공식적인 절반의 세계뿐만 아니라 세계 전체를 말이야! 그러니까 하느님에 대한 예배뿐만 아니라 악마에 대한 예배도 있어야 해. 난 그게 옳다고 생각해. 아니면 악마를 한 몸에 지닌 하느님, 이 세상에서 가장 자연스러운 일 앞에서 눈을 질끈 감아 버리지 않아도 되는 그런 신을 창조해야만 한다고 생각해."

데미안은 평소 그답지 않게 상당히 격해졌다. 하지만 이내 다시 미소를 짓고는 더 이상 나를 몰아세우지 않았다.

그의 이야기는 내가 그동안 마음속에 품고 있으면서도 누구에게도 말하지 못했던 소년 시절의 수수께끼를 정확히 짚었다. 데미안이 말한 하느님과 악마, 허용된 하느님의 세계와 묵살당하는 악마의 세계에 관한 이야기는 바로 내 생각, 내가 만든 신화였다. 두 세계 혹은 세계의 두 부분, 밝은 세계와 어두운 세계에 관한 생각이었다. 나의 문제가 모든 인간의 문제이며 모든 삶과 사색의 문제라는 깨달음이 불현듯 거룩한 그림자처럼 나를 스쳐 지나갔다. 나의 독자적이고 개인적인 생활과 견해가 위대한 관념의 영원한 흐름에 깊이 관여됐다는 것을 느꼈을 때, 나는 두려움과 경외심에 사로잡혔다. 이런 깨달음은 어떤 확신이나 행복을 주기는 했지만 즐거운 것은 아니었다. 그것은 가혹했고 떫은맛이 났다. 그 속에는 인생에 대한 책임이, 더 이상 어린 아이가 아니며 이제 홀로 서야 한다는 울림이 깃들었기 때문이다.

나는 난생처음으로 이렇듯 깊은 비밀을 드러내면서 아주 어렸을 때부터 내가 줄곧 생각해 오던 '두 세계'에 대한 이야기를 친구에게 털어놓았다. 그는 나의 가장 내밀한 감정이 그의 견해와 일치하고 옳다고 여기고 있음을 곧바로 알아차렸다. 하지만 이를 이용하려 드는 것은 그의 방식이 아니었다. 그가 어느 때보다 더 집중해서 내 말에 귀를 기울이며 내 눈을 똑바로 쳐다보았기 때문에 눈길을 돌릴 수밖에 없었다. 그의 눈에서 다시금 묘하게 짐승 같으면서 시간을 초월하여 나이를 헤아릴 수 없는 모습을 보았기 때문이다.

"우리 그 이야기는 다음에 더 해 보도록 하자."

그가 달래듯이 말했다.

"나는 네가 누군가에게 말할 수 있는 것보다 더 많은 생각을 하고 있다는 걸 알아. 그렇다면 넌 네가 생각한 대로 온전히 살지 못했다는 것도 알 거야. 그건 좋지 않아. 우리가 살면서 실천하는 생각만이 가치 있는 거야. 너는 너의 '허용된 세계'가 절반의 세계에 불과하다는 것을 알고 있었어. 그런데 너는 목사님이나 선생님들처럼 다른 세계를 은폐하려고 했던 거야. 하지만 그렇게 되지는 않을 거야! 이미 생각을 시작한 사람에게는 절대 불가능한 일이야."

그 말은 내 마음에 깊이 와닿았다.

"하지만."

나는 소리를 지르다시피 말했다.

"금지된 추악한 것이 실제로 있다는 건 너도 부인할 수 없을 거야! 그것들은 금지되어 있고 우리는 그것들을 단념해야 해. 나는 살인이나 온갖 종류의 죄악이 존재한다는 걸 알아. 하지만 그런 것들이 존재한다고 나도 범죄자가 되어야 하는 걸까?"

"그 얘기는 오늘 중으로 다 끝낼 수 없어."

데미안이 나를 다독였다.

"넌 당연히 살인을 하거나 소녀들을 강간하고 살해해서는 안 돼. 너는 '허용된 것'과 '금지된 것'이 원래 무슨 뜻인지 깨닫는 경지에는 아직 이르지 못했어. 너는 이제 진리의 한 부분을 감지한 것뿐이야. 다른 것들도 틀림없이 곧 알게 될 테지. 예를 들면 넌 1년 전쯤부터 무엇보다 강력한 어떤 충동을 느끼고 있어. 그 것은 '금지된 것'에 속하지. 반면 그리스 사람들을 비롯한 많은 민족은 이 충동을 신성한 것으로 여겨 큰 축제를 벌이며 신봉했 지. 그러니까 '금지된 것'은 영원한 것이 아니라 언제든지 변할 수 있는 것이야. 누구든 목사님 앞에서 결혼하면 그 여자와 잠 을 자는 것이 허용되지. 다른 민족들의 경우에는 달라. 오늘날에 도 말이야. 우리는 모두 각자 허용된 것과 금지된 것을 스스로 찾아내야 해. 단 한 번도 금지된 것을 행하지 않았어도 엄청난 악당이 될 수 있어. 그 반대도 마찬가지야. 사실은 그것은 편의 상의 문제에 불과해! 스스로 생각하며 판단하지 못하는 안일한 사람은 그냥 기존의 금지된 것에 순응하고 말지. 그게 편하다고 도 할 수 있지. 반면에 스스로 내면에서 금지된 것을 느끼는 사 람들이 있어. 명망 있는 사람들이 매일 행하는 일들이 이들에게 는 금지되거나, 반대로 일반적으로 엄격하게 금지된 일들이 이 들에게는 허용되기도 하지. 누구나 스스로 판단하고 결정하는 거야."

그는 갑자기 너무 많은 말을 한 것을 후회하듯 말을 멈췄다. 나 는 그가 느낀 감정을 어느 정도 이해했다. 그가 자기 생각을 편 안하고 거리낌 없이 이야기하는 것처럼 보였지만 언젠가 그가 말한 것처럼 '그저 지껄이기 위해 하는' 대화는 죽도록 참기 힘들어했다. 그런데 그는 내가 진짜 관심이 있지만 동시에 지적인 수다에 지나친 즐거움이나 장난스러운 감정도 있다는 것을 느꼈으리라. 간단히 말해, 내게 완전한 진지함이 부족하다는 것을 느꼈을 것이다.

 내가 마지막에 쓴 '완전한 진지함'을 다시 읽어 보니 갑자기 또 다른 장면이 떠오른다. 아직 아이티가 남아 있던 시절에 막스 데미안과 함께했던 가장 강렬한 장면이다.
 우리의 입교식이 다가오고 있었고 종교 수업의 마지막 시간에는 성찬식에 대해 배웠다. 목사님은 이를 중요시했기 때문에 더욱 열의를 다해 수업했고 우리는 뭔가 신성한 분위기를 느꼈다. 그런데 얼마 남지 않은 마지막 수업에서 내 생각은 완전히 다른 데에 가 있었다. 바로 내 친구에 대해 생각하고 있었다. 우리가 교회 공동체의 일원으로 받아들여졌음을 선언하는 입교식이 다가오니, 나도 모르게 이런 생각이 밀려왔다. 반년가량 진행된 종교 수업의 가치는 우리가 수업에서 배운 내용에 있는 것이 아니라 데미안과 가까이하면서 받은 영향에 있다는 것 말이다. 나는 이제 교회가 아니라 전혀 다른 것, 즉 사색과 개성의 교단에 입회할 준비가 되어 있었다. 그것은 이 세상에 분명히 존재할 것이고, 내 친구가 그곳의 대리인이나 전달자처럼 여겨졌다.

나는 이런 생각들을 몰아내려고 애썼다. 어떻든 입교식만은 진지하고 경건하게 치르고 싶었다. 하지만 이것이 나의 새로운 생각과 잘 어우러지지 않았다. 그렇지만 나는 내가 원하는 대로 하고 싶었다. 그 생각은 다가오는 교회 의식에 대한 생각과 점점 결부되었다. 나는 다른 사람들과는 다르게 의식을 치르기로 마음먹었다. 이 의식이 나에게는 데미안을 통해 알게 된 사색의 세계에 받아들여지는 것을 의미해야 했다.

그 무렵 데미안과 또다시 열띤 토론을 벌이게 되었다. 입교 교육 수업이 시작되기 직전이었다. 내 친구는 냉담했고, 조숙하고 잘난 척하는 듯한 내 이야기를 달가워하지 않았다.

"우리는 말을 너무 많이 해."

그가 평소답지 않게 진지하게 말했다.

"똑똑한 척 늘어놓는 얘기는 가치가 없어. 전혀 없다고. 자기 자신에게서 멀어질 뿐이야. 자기 자신으로부터 멀어지는 것은 죄악이야. 사람은 거북이처럼 자기 안으로 완전히 들어갈 수 있어야 한다고."

곧이어 우리는 교실로 들어갔다. 수업이 시작되자 나는 집중하려 애썼고 데미안은 나를 방해하지 않았다. 얼마 후, 그가 앉아 있는 쪽에서 뭔가 이상한 느낌이 들기 시작했다. 공허하고 차가운 느낌이었는데 마치 그 자리가 갑자기 비어 버린 것 같았다.

그 느낌이 점점 조여 오기 시작해서 고개를 돌려 그를 쳐다봤다. 내 친구는 평소와 마찬가지로 허리를 꼿꼿이 세우고 바른 자세로 앉아 있었다. 그렇지만 여느 때와는 전혀 다른 모습이었다. 그는 무언가를 발산하며 내가 알지 못하는 무언가에 둘러싸여 있었다. 그가 눈을 감고 있다고 생각했는데, 가만히 보니 눈을 뜨고 있었다. 하지만 무엇을 바라보거나 응시하는 눈이 아니었다. 그의 눈은 멍하니 자신의 내면 혹은 아주 먼 곳을 향해 있었다. 그는 아무런 미동도 없이 앉아서 숨조차 쉬지 않는 것 같았고, 그의 입은 나무나 돌로 깎아 놓은 듯했다. 얼굴은 핏기가 사라져 돌처럼 창백했으며 그의 갈색 머리카락만이 그나마 생기를 띠었다. 그의 두 손은 마치 돌이나 과일 같은 물건처럼 생기 없이 고요하게 그의 앞에 놓여 있었다. 창백하고 미동은 없었지만 힘없이 늘어져 있지는 않았고 강인한 생명을 감싸고 있는 단단하고 좋은 껍질처럼 보였다.

그 광경을 본 나는 전율에 휩싸였다. 그가 죽었구나! 하고 생각해 입 밖으로 큰 소리를 낼 뻔했다. 하지만 나는 그가 죽지 않았다는 것을 알았다. 그의 얼굴, 창백하고 돌처럼 굳은 가면을 넋을 잃고 쳐다보며 이런 모습이야말로 데미안이라고 느꼈다. 평소 나와 함께 다니며 이야기하는 그는 절반의 데미안에 불과했다. 일시적으로 어떤 역할을 맡아 순응하고 호의적인 태도로 함께하는 절반의 데미안이었다. 하지만 진짜 데미안의 모습은 이처럼 굳어 있고 태고의 모습을 간직한, 짐승과 같은, 돌과 같은, 아름다우면서도 차가운, 죽어 있으면서 은밀한 생명으로 가득 찬 그런 모습이었다. 그리고 그를 에워싸고 있는 이 적막한 공허, 이 창공과 별들의 세계, 이 고독한 죽음!

이제 그가 완전히 자기 속으로 들어가 버렸음을 전율하며 느꼈다. 나는 지금껏 그렇게 외로웠던 적이 없었다. 나는 그와 함께할 수 없었고, 그에게 닿을 수 없었으며 그는 마치 이 세상의 가장 먼 섬에 있듯이 나에게서 멀리 떨어져 있었다.

나 말고는 그 모습을 아무도 보지 못했다는 사실을 이해할 수 없었다! 모두가 이쪽을 봐야 한다, 모두가 전율을 느껴야 한다! 하지만 아무도 그를 주목하지 않았다. 그는 그림처럼, 우상처럼 경직되어 앉아 있었다. 파리 한 마리가 그의 이마에 앉아 코와 입술을 따라 천천히 움직였다. 하지만 그는 주름살 하나도 움찔하지 않았다.

그는 지금 어디에, 어디에 있는 것일까? 무슨 생각을 하고 무엇을 느끼는 것일까? 그는 천국에 있는 것일까, 지옥에 있는 것일까?

이것을 그에게 물어보는 것은 불가능했다. 수업이 끝날 때 즈음 그가 다시 살아나 숨을 쉬었고, 그와 눈이 마주쳤을 때는 본래의 모습으로 돌아와 있었다. 그는 어디서 오는 것일까? 그는 어디에 있었던 것일까? 데미안은 지친 기색이 역력했다. 그의 얼굴에는 다시 혈색이 돌았고, 손도 다시 움직였다. 하지만 갈색 머리카락은 이제 윤기를 잃고 지친 듯 보였다.

그 후 며칠 동안 나는 침실에서 여러 차례 새로운 연습을 했다. 의자에 반듯하게 앉아서 시선을 고정하고 미동도 없이 얼마나 오래 견딜 수 있는지, 그리고 어떤 느낌이 드는지 기다려 보았다. 하지만 그저 졸음이 쏟아지고 눈꺼풀이 심하게 가려울 뿐이었다.

곧이어 입교식을 치렀지만 이에 대한 중요한 기억은 남아 있지 않다.

이제 모든 것이 달라졌다. 나를 에워싸고 있던 유년 시절이 산산이 부서져 내렸다. 부모님은 살짝 당황스러워하며 나를 바라보았다. 누나들은 완전히 낯선 사람처럼 되어 버렸다. 각성이 일어나면서 익숙한 감정과 기쁨들을 일그러뜨리고 퇴색시켰다. 정원은 향기를 잃었고, 숲은 유혹하지 않았으며, 나를 둘러싼 세계는 낡은 상품의 재고 정리처럼 무미건조하고 매력이 없었다. 책은 종이였고 음악은 소음이었다. 가을 나무 주변으로 낙엽이 떨어지지만 나무는 그것을 느끼지 못하고, 빗물이 흘러내리고 햇볕이 내리쬐며 서리도 내리지만, 나무는 천천히 가장 비좁고 내밀한 곳으로 움츠러든다. 나무는 죽는 것이 아니다. 기다리는 것이다.

 나는 방학이 끝나면 전학을 가기로 결정되어 난생처음 집을 떠나게 됐다. 어머니는 나를 특별히 다정하게 대하면서 미리 이별을 준비하듯 사랑, 향수 그리고 잊을 수 없는 추억들을 내 마음에 불어넣으려고 애썼다. 데미안은 여행을 떠나고 없었다. 나는 혼자였다.

베아트리체

내 친구를 다시 만나지 못한 채 나는 방학이 끝나갈 무렵 성
(聖) ○○시로 떠났다. 부모님 두 분도 함께 따라오셔서 온갖
일들을 세세히 챙기면서 김나지움 선생님이 관리하는 남학생 기
숙사에 나를 맡겼다. 만약 부모님이 당시 나를 어떤 일들 속으
로 밀어 넣었는지 알았다면 소스라치게 놀라 몸이 굳어 버렸을
것이다.

시간이 지나면 내가 좋은 아들이자 훌륭한 시민으로 성장할 수
있을지, 아니면 내 본성이 나를 다른 길로 인도할지는 여전히 알
수 없었다. 아버지의 집과 정신의 그늘 속에 행복하게 머물러
있으려는 내 마지막 시도는 오랫동안 계속되었고, 때로는 성공
할 뻔도 했지만 결국 완전한 실패로 끝나고 말았다.

입교식 이후 방학 동안 내가 처음으로 느낀 묘한 공허감과 고
독은(나중에 이런 공허감, 이런 엷은 공기를 얼마나 더 많이 맛
보게 되었던가!) 좀처럼 쉽게 사라지지 않았다. 고향과의 이별
은 이상하리만큼 쉬웠고, 민망할 정도로 슬프지 않았다. 누나들
은 펑펑 울었지만 나는 눈물이 나오지 않았다. 그러는 나 자신
이 무척 놀라웠다. 나는 감수성이 풍부한 아이였고 근본적으로
꽤 착한 아이였다. 그런데 완전히 변해 버렸다. 나는 외부 세계
에 대해 완전히 무관심했으며 온종일 나의 내면에만 귀를 기울
였고, 내면의 가장 깊은 곳에서 흐르는 금지된 어두운 강물 소리

를 듣는 데만 몰두했다. 나는 지난 반년 사이에 키가 부쩍 자라서 훌쩍 크고 삐쩍 마른 미성숙한 모습으로 세상을 보게 되었다. 소년의 사랑스러움은 내게서 완전히 사라져 버렸다. 나 자신조차도 이런 모습으로 사랑받을 수 없다고 느꼈고 나도 나 자신을 전혀 사랑하지 않았다. 그리고 이따금 막스 데미안이 몹시 그리웠다. 한편으로는 그를 미워하기도 했으며, 내가 짊어진 몹쓸 병과도 같은 삶의 피폐함을 그의 탓으로 돌리기도 했다.

 나는 처음 기숙사로 들어갔을 때 아무런 관심을 끌거나 주목을 받지 못했다. 처음에는 나를 두고 놀리다가 점점 멀리하기 시작하더니 나를 말수가 없는 불편하고 이상한 아이로 여겼다. 나는 그 역할이 마음에 들어서 더 과장하면서 고독 속으로 파고들었다. 겉으로는 무척 남자답게 세상을 하찮게 여기는 것처럼 보였겠지만, 속으로는 남몰래 마음을 갉아먹는 슬픔과 절망감에 몸부림치기도 했다. 학교에서는 고향에서 쌓았던 지식을 곱씹어야 했다. 지금 학급이 이전 학급에 비해 약간 뒤떨어져서 나는 동갑내기들을 어린아이 보듯 조금 얕잡아 보는 버릇이 생겼다.

 1년이 넘는 시간이 그렇게 지나갔다. 첫 방학을 맞아 고향 집에 돌아갔을 때도 새로운 울림을 느끼지는 못했다. 나는 기꺼이 다시 집을 떠났다.

 11월이 시작될 무렵이었다. 나는 날씨와 상관없이 짧게 산책하며 생각에 잠기는 습관이 생겼다. 산책을 하다 보면 종종 환희를 느꼈다. 우울과 염세와 자기 경멸로 가득한 환희였다. 어느 날 축축한 안개가 짙게 깔린 해 질 녘에 그렇게 도시 주변을 어슬렁거리며 배회하고 있었다. 공원의 널찍한 가로수 길은 텅 빈 채로 나를 맞이했다. 길에는 낙엽이 수북이 쌓여 있었다. 나는 알 수 없는 쾌감을 느끼며 발로 낙엽을 헤집어 놓았다. 축축하고 씁쓸한 냄새가 주위에 퍼졌고 멀리 있는 나무들이 유령처럼 커다랗고 희미하게 안개 속에서 모습을 드러냈다.

나는 가로수 길 끝에 머뭇거리며 멈춰 서서 검은 나뭇잎을 바라보며 분해와 소멸의 축축한 냄새를 탐욕스럽게 들이마셨다. 내 안의 무언가가 그 냄새에 응답하고 인사를 건넸다. 아, 인생이란 얼마나 무미건조한 맛인가!

옆길에서 누군가 외투 깃을 휘날리며 다가왔다. 계속 가려는 나를 불렀다.

"안녕, 싱클레어!"

우리 기숙사에서 가장 나이가 많은 알폰스 베크가 다가왔다. 나는 그를 보면 늘 반가웠다. 그가 다른 어린아이들을 대하듯이 나에게도 빈정거리거나 삼촌처럼 구는 것만 제외하면 별다른 반감은 없었다. 곰처럼 힘이 세고 기숙사 사감 선생님까지도 쥐락펴락하는 학생이자 학교에 떠도는 무수한 소문의 주인공이기도 했다.

"너 여기서 뭐 하니?"

그는 상급반 아이들이 우리 같은 아이들에게 말을 걸 때 으레 쓰는 상냥한 말투로 물었다.

"어디 보자, 네가 시를 짓고 있었다고 내기 걸어 볼까?"

"시 같은 건 생각도 안 했어."

내가 퉁명스럽게 대꾸했다. 그는 웃음을 터뜨리더니 옆에서 나란히 걸으며 내가 익숙하지 않은 방식으로 계속 수다를 떨었다.

"싱클레어, 내가 이해하지 못할까 봐 두려워할 필요는 없어. 이렇게 안개가 낀 저녁때 가을 생각에 젖어 걷다 보면 시가 떠오르는 건 아주 자연스러운 일이지. 물론 사라져 가는 자연이나 자연에 비유되는 잃어버린 청춘에 대해서도 말이야. 하인리히 하이네를 봐."

"나는 그렇게 감상적이지 않아."

나는 항변했다.

"아니면 말고! 아무튼 이런 날씨에 조용한 곳에 가서 포도주 같은 거 한잔 마시면 좋겠다는 생각이 드네. 너도 같이 갈래? 마침 내가 혼자라서 말이야. 같이 가기 싫어? 네가 모범생이 되겠다고 하면 굳이 너를 꼬드길 생각은 없어."

얼마 후 우리는 교외에 있는 작은 술집에 마주 앉아 두꺼운 유리잔을 부딪치며 무슨 맛인지도 모르는 포도주를 마셨다. 나에게는 새로운 일이라 처음에는 별로 내키지 않았다. 하지만 술에 익숙하지 않은 나는 금세 말이 많아졌다. 마치 나의 창문이 벌컥 열리고 세상이 안으로 들어오는 것 같았다. 나는 얼마나 오랫동안 내 마음속에 있던 말들을 하지 않고 지냈던가! 나는 정신없이 지껄여 댔고 카인과 아벨의 이야기까지 멋들어지게 떠들었다.

베크는 기꺼이 내 말에 귀를 기울였다. 마침내 나도 누군가에게 영향을 미쳤다! 그는 내 어깨를 두드리며 굉장한 녀석이라고 했다. 내 가슴은 환희로 벅차올랐다. 이야기를 하고 속을 털어놓고 싶은 욕구를 맘껏 분출하고, 나이가 더 많은 사람에게 인정받고 대단하다는 평가를 받은 것이 기뻤다. 나를 천재적인 녀석이라고 한 그의 말은 달콤하고도 독한 포도주처럼 내 마음속에 스며들었다. 세상은 새로운 색깔로 불타올랐고, 수백 개의 샘에서 생각들이 흘러나왔으며 영혼과 불꽃이 내 안에서 활활 타올랐다. 선생님들과 친구들에 대해 얘기를 나누었고 나는 우리가 서로 정말 잘 통한다고 생각했다. 우리는 그리스 사람들과 이교도들에 대한 이야기도 했으며 베크는 나에게 연애 이야기를 털어놓아 보라고 재촉했다. 하지만 나는 할 얘기가 없었다. 경험해 본 적이 없기 때문에 얘기할 거리도 없었다. 그동안 속으로 느끼며 꾸며 내고 상상했던 것들이 마음속에서 불타오르긴 했지만 아무리 포도주를 마셨다고 해도 밖으로 끄집어내서 이야기할 수는 없었다. 여자에 대해서는 베크가 훨씬 더 많은 것을 알고 있었고, 나는 그의 이야기에 열심히 귀를 기울였다. 나로서는 도저히 믿기지 않는 이야기였고, 불가능하다고 생각해 온 일들이 현실이 되어 당연시되고 있었다. 열여덟 살쯤인 알폰스 베크는 벌써 여러 경험을 했다. 그중에는 소녀들과 관련된 경험도 있었다. 그는 소녀들은 오직 비위를 맞춰 주고 정중하게 대해 주기를 바라는데, 물론 그것도 좋지만 진실은 아니라고 말했다. 성인 여자한테서 더 많은 것을 얻어 낼 수 있고 그들이 훨씬 더 똑똑하다는 것이었다. 예를 들면 공책과 연필을 파는 가게를 하는 야겔트 부인은 말이 잘 통하는 사람인 데다가, 그 가게 카운터 뒤에서는 어떤 책에도 나오지 않는 온갖 일들이 다 벌어진다고 했다.

나는 넋이 나가 멍하니 앉아 있었다. 내가 야겔트 부인을 사랑할 리는 없겠지만 어쨌든 정말 굉장한 얘기였다. 좀 더 나이 든 아이들한테는 그곳에 내가 꿈도 꾸지 못한 샘물이 흐르는 모양이었다. 뭔가 잘못된 울림도 있고 내가 생각한 사랑의 맛보다는 하찮고 일상적인 맛이 나기는 했지만 어쨌든 현실이었다. 삶이자 모험이었으며 그것을 이미 경험하고 당연하게 생각하는 사람이 바로 내 옆에 앉아 있었다.

우리의 대화는 수준이 조금 떨어졌고 뭔가를 놓치고 있었다. 나는 더 이상 천재적인 어린 녀석이 아니라 그저 어른의 말을 경청하는 소년에 지나지 않았다. 그렇다고 해도 지난 몇 달 동안의 내 삶에 비하면 이마저도 아주 유쾌한 낙원처럼 느껴졌다. 그뿐만 아니라 나는 이렇게 술집에 앉아 있는 것이나 이런 이야기를 나누는 것이 금지되어 있다는 것을 차츰 느끼기 시작했다. 그 속에서 정신과 혁명을 맛보았다.

나는 그날 저녁의 일을 아주 또렷이 기억한다. 우리 둘이 늦은 시간에 흐릿하게 타오르는 가스등을 지나, 차갑고 축축한 밤공기를 가르며 기숙사로 향했을 때 나는 처음으로 술에 취했다. 취하는 것은 기분 좋은 일이 아니었고 몹시 괴로웠지만 그래도 뭔가 매력적이고 달콤했다. 반란과 방종, 삶의 정신이 있었다. 베크는 내게 머리에 피도 안 마른 애송이라고 투덜거리면서도 기특하게 나를 잘 챙겨 주었다. 나를 반쯤 업어서 기숙사로 데리고 온 그는 열린 복도 창문을 통해 몰래 슬쩍 들어오는 데 성공했다.

잠깐 죽은 듯이 잠들었다가 깼더니 엄청난 고통이 밀려왔다. 침대에 앉아서 보니 낮에 입었던 옷을 그대로 입고 있었다. 다른 옷가지와 신발은 바닥에 나뒹굴고 있었고 담배 냄새와 토사물 냄새가 진동했다. 두통과 메스꺼움, 엄청난 갈증에 시달리는 와중에 오랫동안 보지 못했던 광경이 마음속에 그려졌다. 고향과 부모님의 집, 아버지와 어머니, 누나들과 정원이 보이고, 조용한 내 침실, 학교와 광장, 데미안과 입교 교육을 받던 순간이 보였다. 모든 것이 밝았고, 모든 것이 빛에 둘러싸여 있었고, 모든 것이 경이롭고, 신성하고 순수했다. 그 순간 나는 깨달았다. 이 모든 것이 어제만 해도, 불과 몇 시간 전만 해도 내 것이었고 나를 기다리고 있었는데, 이제 가라앉아 버리고 저주를 받아 더 이상 내 것이 아니게 되었으며 나를 밀치며 역겹다는 듯이 노려보고 있는 것이었다! 황금기였던 멀고 먼 유년 시절의 정원으로 되돌아가 부모님에게 받았던 모든 사랑과 친밀감, 어머니의 입맞춤, 해마다 돌아오는 크리스마스, 경건하고 밝았던 일요일 아침, 정원에 핀 모든 꽃, 그 모든 것이 황폐해져 버렸다. 내가 모든 것을 짓밟아 버린 것이다! 만약 지금 경찰이 들이닥쳐 나를 포박하며 인간쓰레기에 성전 모독자라고 부르며 교수대로 끌고 가도, 나는 수긍하며 기꺼이 따라나설 것이다.

나의 내면은 바로 이런 모습이었다! 갈팡질팡하며 세상을 경멸하던 나! 정신은 오만하고 데미안의 생각에 공감하던 나! 나는 그런 모습이었다. 인간쓰레기이자 추잡한 놈, 술에 취하고 더러운 놈, 역겹고 비열한 놈, 추악한 충동에 사로잡힌 난잡한 짐승!

나의 모습은 그랬다. 순수함, 광채와 사랑스러움으로 가득한 정원에서 온 내가. 바흐의 음악과 아름다운 시를 사랑하던 내가! 술에 취해 자제력을 잃은 나의 웃음소리가 아직도 내 귓가에 들려 역겹고 분했다. 간헐적으로 터지는 시시껄렁한 웃음. 그게 나였다!

이렇게 고통을 느끼면서도 일종의 쾌감 같은 것도 있었다. 나는 오랫동안 맹목적이고 무감각하게 기어 다녔고 내 심장은 그토록 오래 침묵하며 불쌍하게 구석에 처박혀 있었으니, 이런 자책과 이런 오싹함, 모든 끔찍한 감정조차 환영이었다. 어쨌든 그것도 감정이었고, 불꽃이 일었으며 심장이 움찔거렸다! 비참함의 구렁텅이 속에서 당황스럽게도 나는 해방과 봄과 같은 그 무엇을 느꼈다.

그러는 동안 겉으로 보기에 나는 한없이 타락해 갔다. 얼마 지나지 않아 술에 취한 날이 그날 한 번으로 끝나지 않았다. 우리 학교에는 술집을 돌아다니며 행패를 부리는 아이들이 많았는데 어울려 다니는 아이 중에 내가 가장 어린 축이었다. 머지않아 나는 더 이상 꼽사리나 꼬맹이가 아니라 주동자가 되고 샛별로 떠올랐으며 유명하고 대담한 술집 단골손님이 되었다. 나는 또다시 어두운 세계, 악마의 세계에 속하게 되었고 그 세계에서 멋진 녀석으로 통했다.

그러면서도 내 마음은 비참하기 그지없었다. 자기 파괴적으로 흥청망청 생활했고 친구들 사이에서 주동자이자 굉장한 놈으로 통했다. 또 나를 무척 과감하고 재치 있다고 여겼지만 내 마음 깊은 곳에서는 불안에 가득 찬 영혼이 두려움에 떨고 있었다. 어느 일요일 오전에 술집에서 나왔을 때, 머리를 단정하게 빗고 일요일에 맞게 깔끔하게 옷을 차려입은 아이들이 거리에서 밝고 즐겁게 뛰노는 모습을 보고 눈물이 났던 일이 아직도 기억난다. 허름한 술집의 지저분한 탁자에서 맥주를 마시며 낄낄거리고 뻔뻔하게 신랄한 이야기로 친구들을 즐겁게 하거나 놀라게 하면서도, 마음속에서는 내가 비웃는 모든 것에 경외심을 품었다. 나는 속으로 눈물을 흘리며 나의 영혼, 나의 과거, 나의 어머니 그리고 하느님 앞에서 무릎을 꿇었다.

내가 같이 몰려다니던 아이들과 한 번도 하나가 되지 못하고, 그들 속에서도 고독을 느끼고 괴로웠던 데에는 그럴 만한 이유가 있었다. 나는 가장 거친 이들도 마음에 들어 하는 술집의 영웅이자 독설가였다. 선생님과 학교, 부모님, 교회에 관한 생각과 말을 거침없이 지껄여 댔다. 음담패설도 아무렇지 않게 들었고 가끔 한마디 거들기도 했다. 하지만 다른 친구들이 여자들을 찾아갈 때는 한 번도 끼지 못했다. 내 얘기대로라면 나는 쾌락을 좇는 후안무치한 사람이어야 했지만, 사랑에 대한 이글거리는 동경, 희망 없는 동경을 품은 채 홀로 남았다. 나만큼 상처를 잘 받고 수줍어하는 사람도 없었다. 가끔 예쁘고 말쑥하고, 밝고 우아한 젊은 처녀들이 내 앞에 지나가는 모습을 볼 때면, 그들은 내게 경이롭고도 순수한 꿈이었으며 내가 감히 넘볼 수 없을 정도로 천배나 선량하고 순수했다. 나는 한동안 야겔트 부인이 운영하는 문구점에도 갈 수가 없었다. 야겔트 부인을 보면 알폰스 베크가 했던 이야기가 떠올라 얼굴이 빨갛게 달아오르기 때문이었다.

새로운 친구들 사이에서도 끊임없이 고독했고 내가 이들과 다르다는 것을 알수록 더욱더 이 무리에서 헤어나지 못했다. 그렇게 술을 퍼마시고 허세를 부리는 것이 정말 즐거웠는지조차도 이젠 알지 못했다. 또한 술을 마시는 것에도 좀처럼 익숙해지지 않아서 음주 후에 매번 괴로운 후유증에 시달렸다. 모든 것이 일종의 강박 같았다. 이것 말고는 어떤 일을 해야 할지 도무지 알지 못했으므로 그저 내가 할 수밖에 없는 일을 계속할 뿐이었다. 나는 혼자서 오래 있기가 두려웠고, 내 마음이 항상 기우는 연약하고 수줍은 심경의 변화가 두려웠으며 번번이 엄습하는 어렴풋한 사랑에 대한 생각이 두려웠다.

내게 가장 결핍된 것은 친구였다. 내가 좋아하는 동급생이 두세 명 있기는 했지만 그 친구들은 착실한 무리에 속했다. 나의 방탕한 생활은 더 이상 비밀이 아니었다. 그들은 나를 피했다. 모두 나를 위태롭고 희망이 없는 불량 학생 정도로 여겼다. 선생님들은 나에 대해 많은 것을 알았고, 나는 여러 차례 엄한 벌을 받았으며 모두 내가 결국 언젠가는 퇴학당하리라 예상했다. 나 자신도 잘 알고 있었다. 이미 오래전부터 스스로를 성실한 학생이 아니라고, 더 오래는 지탱해 나갈 수 없을 거라고 느끼면서도 애써 외면하며 힘겹게 버티고 있었다.

하느님이 우리를 고독하게 만들어 우리 자신에게로 인도하는 길은 무수히 많다. 당시 하느님은 나와 함께 그 길을 걸었다. 그것은 끔찍한 꿈 같았다. 나는 더럽고 찐득거리는 오물, 깨진 맥주잔과 냉소적인 수다로 지새운 밤들로 추방당한 몽상가였다. 내가 추하고 더러운 길 위를 끊임없이 괴로워하면서 기어가는 모습이 보였다. 공주를 찾아가는 길에 악취와 오물로 가득한 뒷골목의 진창 속에 갇혀 버리는 꿈도 있었다. 당시 내 처지가 그랬다. 그렇게 초라한 방식으로 외로움의 길을 걸었고, 나와 어린 시절 사이에는 냉혹해 보이는 문지기들이 지키고 서 있는 문 닫힌 에덴동산이 가로놓여 있었다. 그것은 나 자신을 향한 그리움의 시작이며 깨달음이었다.

아버지가 기숙사 사감 선생님의 경고 편지를 받고 처음으로 성 ○○시로 찾아와서 내 앞에 불쑥 나타났을 때, 나는 너무 소스라치게 놀라 몸에 경련까지 일어났다. 하지만 그해 겨울이 끝날 무렵 아버지가 두 번째로 찾아오셔서 나를 꾸짖고 애원하고 어머니 생각 좀 하라고 말해도 나는 이미 냉담해져 개의치 않게 되었다. 결국 아버지는 격분해서 내가 달라지지 않는다면 온갖 굴욕과 창피를 주어 학교에서 쫓겨나게 만들고 감화원에 집어넣겠다고 말했다. 그렇게 하실 테면 하라지! 아버지가 떠났을 때 미안한 마음이 들었다. 아버지는 뜻을 이루지 못했고 나에게 이르는 그 어떤 길도 찾지 못했다. 그것이 아버지에게 마땅한 결과라는 생각이 잠시나마 들었다.

 나는 내가 앞으로 어떻게 되든지 상관이 없었다. 나는 술집에 앉아 객기를 부리면서 이상하고 아름답지 못한 방식으로 세상과 싸웠다. 이것이 세상에 저항하는 내 나름의 방식이었다. 나는 스스로를 망가뜨렸고 이따금 이런 생각을 했다. 세상이 나 같은 인간을 필요로 하지 않는다면, 세상이 나 같은 인간을 위해 더 나은 장소나 더 높은 과제를 주지 않는다면, 나 같은 인간들이 망가지는 것은 당연하다는 생각이었다. 그로 인한 손실이야 세상이 입겠지.

 그해 크리스마스 방학은 즐겁지 않았다. 어머니는 나를 보고 깜짝 놀랐다. 키는 훌쩍 컸는데, 야윈 얼굴은 잿빛을 띠고 까칠했으며 피곤한 기색이 역력했다. 눈 주위에는 염증까지 생겼다.

콧수염이 거뭇거뭇 나기 시작한 데다가 얼마 전부터 안경까지 쓰기 시작해서 어머니에게는 더욱 낯설어 보였을 테다. 누나들은 슬쩍 뒤로 물러나며 키득거렸다. 정말 모든 것이 짜증 났다. 아버지와 서재에서 나눈 대화도 짜증 나고 씁쓸했으며, 친척들이 건네는 인사도 짜증 났으며, 무엇보다 크리스마스이브가 가장 짜증 났다. 내가 태어난 이래 크리스마스이브는 우리 집에서 가장 뜻깊은 날이었다. 축제와 사랑, 감사가 가득한 날이었고 부모님과 나 사이의 유대가 더욱 돈독해지는 날이었다. 하지만 이번에는 모든 것이 불편하고 곤혹스럽기만 했다. 아버지는 늘 그렇듯 들판의 목자에 관한 복음서 한 구절을 읽었다. "그들은 그곳에서 양 떼를 지키고 있었노라." 누나들은 늘 그렇듯 선물이 놓인 탁자 앞에 환한 얼굴로 서 있었다. 하지만 아버지의 목소리에는 즐거운 기색이 전혀 없었고 얼굴은 늙고 위축돼 보였다. 어머니는 슬픈 표정을 짓고 있었다. 선물과 축복, 복음과 크리스마스트리 등 그 모든 것들이 내게는 달갑지 않고 그저 괴로웠다. 크리스마스 과자의 달콤한 냄새가 집 안에 퍼지며 달콤한 추억들이 구름처럼 뭉게뭉게 밀려들었다. 전나무는 향기를 내뿜으며 이제는 지나가 버린 일들에 관한 이야기를 속삭였다. 나는 이 저녁 시간과 크리스마스 기간이 어서 지나가기만을 바랐다.

겨우내 이런 식으로 지나갔다. 그로부터 얼마 전 나는 교사 위원회로부터 강력한 경고와 함께 퇴학 조치를 당할 수도 있다는 경고를 받았다. 그렇게 되기까지 그리 오래 걸리지 않을 것이다. 이제 아무래도 상관없었다.

막스 데미안에게는 특별한 원망을 품고 있었다. 그동안 그를 한 번도 보지 못했다. 성 ○○시에서 학교생활을 시작했을 때 그에게 두 번이나 편지를 썼으나 답장을 받지 못했다. 그래서 나는 방학 동안에 그를 찾아가지 않았다.

지난가을 알폰스 베크를 만났던 그 공원의 가시나무 울타리가 초록색으로 물들던 이른 봄, 한 소녀가 눈에 들어왔다. 나는 섬뜩한 생각과 근심에 사로잡혀 홀로 산책을 하던 중이었다. 당시 나는 건강이 나빠진 데다가 계속 돈에 쪼들리고 있었다. 친구들에게 돈을 빌려 썼기 때문에 집에서 용돈을 타기 위해 그럴듯한 핑계를 만들어 낼 수밖에 없었고 여러 가게에서 담배나 그 밖의 물건들을 구입한 외상값이 계속 쌓여 갔다. 그렇다고 해서 아주 심각한 근심은 아니었다. 머지않아 이곳 생활을 접고 물속에 뛰어들거나 감화원에 들어가게 되면 이런 사소한 일쯤이야 아무것도 아니었다. 하지만 이런 달갑지 않은 일들과 여전히 대면하고 생활했기에 고통스러웠다.

그런 봄날, 나는 공원에서 마음이 끌리는 젊은 여성을 만났다.

그녀는 키가 크고 날씬했으며 옷차림은 우아했고 얼굴은 총명한 소년 같았다. 첫눈에 그녀가 마음에 들었다. 내가 좋아하는 생김새라서 상상력이 자극됐다. 나보다 나이가 그리 많아 보이지는 않았지만, 성숙하고 우아하고 윤곽이 뚜렷하고 숙녀티를 물씬 풍겼다. 그러면서도 얼굴에는 대범함과 소년다운 구석이 있어서 무척 마음에 들었다.

나는 반한 여자에게 다가가는 데 한 번도 성공한 적이 없었고, 이번에도 마찬가지였다. 하지만 이번에 받은 인상은 그 어느 때보다도 훨씬 강렬했고, 사랑에 빠진 감정이 내 삶에 막대한 영향을 미쳤다.

갑자기 어떤 모습이 떠올랐다. 고귀하고 존경스러운 모습이었다. 아, 내 마음의 어떤 열망이나 충동도 존경과 숭배에 대한 소망보다 더 깊고 강렬한 것은 없었다! 나는 그녀에게 베아트리체라는 이름을 붙였다. 비록 단테의 작품을 읽어 보지는 않았지만, 어떤 영국 작가의 그림에서 그녀를 본 적이 있었다. 그 그림의 복사본도 잘 간직하고 있었다. 영국 라파엘전파의 화풍으로 소녀의 모습을 그린 그림이었다. 소녀는 팔다리가 무척 길고 날씬했으며 얼굴은 작고 갸름하고 영혼이 깃든 듯한 손과 표정을 지니고 있었다. 내가 반해 버린 젊고 아름다운 여자는 그림 속 여자와 완전히 똑같지는 않았지만 내가 좋아하는 날씬한 자태와 소년 같은 모습에 정신이나 영혼이 깃든 얼굴을 하고 있었다.

나는 베아트리체와 단 한 번도 말을 해 본 적이 없었다. 그런데도 그녀는 당시 나에게 가장 깊은 영향을 미쳤다. 그녀는 내 앞에 모습을 드러내어 내게 성역을 열어 주었고, 나를 신전에서 기도하는 사람으로 만들었다. 날이 갈수록 나는 술집을 전전하고 밤거리를 헤매는 짓을 멀리하게 되었다. 나는 다시 혼자 있을 수 있었으며, 다시 기꺼이 독서를 하고 산책을 즐기게 되었다.

이런 갑작스러운 변화를 두고 주위에서 조롱이 빗발쳤다. 하지만 이제 나에게 사랑하고 숭배할 대상이 생겼고, 다시 이상을 갖게 되었다. 삶은 다시 예감과 다채로운 비밀을 품은 여명으로 가득했다. 덕분에 나는 무심할 수 있었다. 내가 비록 숭배하는 대상의 노예이자 하인이긴 했어도 나 자신으로 돌아오게 되었다.

그 시절을 어떤 감동도 없이 회상하기란 불가능하다. 나는 다시 열성적인 노력으로, 부서진 삶의 한 시기의 폐허에서 빠져나와 '밝은 세계'를 구축하려고 노력했다. 내 안에서 어둠과 악을 몰아내고 완전히 밝은 곳에만 머물고, 신들 앞에 무릎을 꿇고 싶다는 단 한 가지 열망에 사로잡혀 살았다. 그래도 지금의 '밝은 세계'는 어느 정도 나의 창조물이었다. 더 이상 책임지지 않아도 되는 안전한 곳이나 어머니에게로 도망쳐 기어드는 것이 아니었다. 그것은 새로우면서 내가 스스로 만들어 내고 원한 직무였으며 책임감과 자기 절제도 따랐다. 내게 고통을 주고 내가 번번이 달아나곤 했던 성에 대한 욕구는 이제 성스러운 불길 속에서 정신과 기도로 승화되었다. 이제 더 이상 어두운 것, 추악한 것, 신음으로 지새운 밤들, 음란한 장면 앞에서의 두근거림, 금지된 문 앞에서 엿듣는 일, 음탕한 짓이 있어서는 안 된다. 이 모든 것 대신에 나는 베아트리체의 모습이 걸린 나만의 제단을 만들었다. 그렇게 그녀에게 나 자신을 바침으로써 나는 영혼과 신들에게도 나를 바친 것이다. 내가 어두운 권세로부터 빼내어 온 삶의 일부분을 밝은 세계의 제물로 바쳤다. 나의 목적은 쾌락이 아니라 순결함이며, 행복이 아니라 아름다움과 숭고함이었다.

베아트리체를 향한 숭배는 나의 삶을 송두리째 바꿔 놓았다. 어제까지만 해도 어른인 척하는 독설가였던 나는 이제 성자가 되고자 하는 신전의 하인이었다. 나는 내 몸에 밴 나쁜 생활을 청산했을 뿐만 아니라 모든 것을 바꾸려고 노력했다. 나는 먹고 마시고 말을 하고 옷을 입는 매 순간 순결함, 고귀함과 품위를 지키려고 했다. 나는 아침에 냉수욕으로 하루를 시작했는데, 익숙해지기까지 몹시 힘들었다. 나는 진지하고 품위 있게 행동했고 곧은 자세로 좀 더 느리고 점잖게 걸었다. 다른 사람들의 눈에는 상당히 우스꽝스럽게 보였을지 몰라도 나에게 그것은 신을 섬기는 성실한 행위였다.

새로운 신념을 표현하는 여러 시도 중 한 가지가 내게 중요한 의미로 다가왔다. 그림을 그리기 시작한 것이다. 내가 간직하고 있던 영국 화가의 베아트리체 그림이 그 소녀와 충분히 닮지 않았다는 생각이 든 것이 발단이었다. 나 자신을 위해 그 소녀를 그려 보고 싶었다. 나는 완전히 새로운 기쁨과 희망을 안고서 내가 얼마 전부터 혼자 쓰게 된 나만의 방에 질 좋은 종이, 물감과 붓을 챙기고 들어가 팔레트, 유리잔, 사기 접시, 연필을 준비했다. 내가 구입한 양질의 템페라 물감 튜브들이 나를 황홀하게 만들었다. 그중에는 강렬한 크로뮴 그린도 있었는데, 그 색이 새하얗고 조그만 접시 위에서 처음으로 빛나던 순간이 아직도 내 눈에 선하다.

나는 조심스럽게 시작했다. 얼굴 그리기는 어려워서 우선 다른 것부터 그려 봤다. 장식물, 꽃과 상상 속의 풍경, 예배당 옆에 서 있는 나무, 사이프러스 나무들이 있는 로마의 다리를 그렸다. 때로는 재미 삼아 한 그림 그리기에 완전히 푹 빠져 버렸고, 처음 물감 상자를 끌어안은 어린아이처럼 마냥 행복했다. 그리고 마침내 베아트리체를 그리기 시작했다.

그림 몇 장은 완전히 망쳐서 내던져 버렸다. 이따금 거리에서 마주쳤던 소녀의 얼굴을 떠올려 보려고 했지만 어려웠다. 결국 나는 포기하고 그냥 머리에 떠오르는 대로, 물감과 붓이 이끄는 대로 그리기 시작했다. 완성된 그림은 꿈속에서 보던 얼굴이었는데, 그것이 불만족스럽지는 않았다. 그래도 계속해서 시도해 보았다. 그리면 그릴수록 한결 뚜렷해지고 소녀의 모습에 가까워졌다. 물론 실제 소녀의 얼굴과는 전혀 달랐다.

나는 꿈을 꾸듯 붓을 놀리며, 선을 긋고 면을 메워 가는 것에 점점 더 익숙해졌다. 아무런 모델도 없는 그림이었고 장난스러운 터치와 무의식이 만들어 내는 것이었다. 마침내 무의식중에 어떤 얼굴을 완성하게 되었는데, 이전에 그렸던 얼굴들보다 한층 더 강하게 나에게 말을 걸어왔다. 그것은 그 소녀의 얼굴은 아니었다. 이제 어차피 그 소녀의 얼굴을 그릴 의도가 없었다. 그것은 무언가 다른 것, 무언가 비현실적인 것이었지만 가치가 덜한 것은 아니었다. 소녀의 얼굴이라기보다는 오히려 청소년기 남자아이의 얼굴로 보였다. 머리카락은 내가 반한 아름다운 소녀처럼 밝은 금발이 아니라 붉은빛이 도는 갈색이었고, 턱은 강인하고 단호해 보였지만 입술은 붉게 빛났다. 전체적인 인상은 딱딱하고 마치 가면 같았지만 인상적이었고 신비로운 생명력으로 가득 차 있었다.

완성된 그림 앞에 앉아 있자니 묘한 느낌이 들었다. 그림은 신들의 초상이나 신성한 가면처럼 보였다. 절반은 남자고 절반은 여자의 모습이었으며, 나이를 짐작할 수 없었고, 의지력이 강하면서도 몽환적이었으며, 경직되어 있으면서도 은밀한 생동감이 느껴졌다. 이 얼굴은 나에게 무언가를 말하고 있었고, 내 일부분이기도 했으며 나에게 어떤 요구를 했다. 그리고 누군가와 닮아 보였지만 그게 누군지 알 수 없었다.

그 초상화는 한동안 내 머릿속을 따라다니며 내 삶과 함께했다. 혹시나 누가 내 그림을 훔쳐보고 비웃지 않도록 그림을 서랍 속에 잘 숨겨 두었다. 그러다가 내 방에 혼자 있게 되면 그림을 꺼내서 한참 들여다보았다. 저녁이면 그림을 침대 맞은편 벽에 핀으로 고정해서 잠이 들 때까지 바라보았고, 아침에 일어나면 가장 먼저 그 그림에 눈이 갔다.

바로 그 무렵, 어렸을 때처럼 다시 꿈을 자주 꾸기 시작했다. 지난 몇 년 동안 나는 꿈을 꾸지 않은 듯했다. 하지만 이제 다시 꿈을 꾸게 되었고, 그건 완전히 새로운 모습이었다. 내가 그린 초상화가 꿈속에 자주 생생하게 나타나 내게 말을 걸었고, 친근하다가 때로는 적대적으로 대했으며, 때로는 잔뜩 찡그린 얼굴로 나타났다가 때로는 아름답고 조화롭고 고귀한 모습으로 등장했다.

그러던 어느 날 아침 꿈에서 깼을 때 불현듯이 깨달았다. 그림 속 얼굴이 나를 아주 친숙하게 바라보는 것 같기도, 내 이름을 부르는 것 같기도 했다. 마치 어머니가 자녀에 대해 속속들이 다 알듯이, 그림 속 얼굴도 나를 잘 알고 지난 모든 시간 동안 나를 지켜본 듯했다. 나는 두근거리는 가슴으로 그림을 빤히 쳐다보았다. 숱이 많은 갈색 머리카락, 반쯤은 여성스러운 입술, 이상하게도 밝게 빛나는 강인한 이마를(물감이 마르면서 저절로 그렇게 되었다.) 바라보고 있으니, 마음속으로 점차 깨닫게 되었고 재발견하게 되었으며 알게 되었다.

나는 침대에서 벌떡 일어나 그림 속 얼굴 앞에 다가서서 크게 뜬 초록빛 눈을 아주 가까이에서 자세히 들여다보았다. 오른쪽 눈이 왼쪽 눈보다 조금 더 올라가 있었는데 갑자기 그 오른쪽 눈이 살짝 찡긋거렸다. 아주 미세하지만 분명한 움직임이었고, 덕분에 나는 그 그림 속 인물을 알아보았다.

어째서 이제야 알아봤는가! 그것은 데미안의 얼굴이었다.

나중에 나는 기억 속 데미안의 실제 인상과 그림 속 얼굴을 자주 비교하곤 했다. 두 모습이 비슷해 보였지만 똑같지는 않았다. 그래도 그것은 데미안의 얼굴이었다.

어느 초여름 저녁, 서쪽으로 향해 있는 내 방 창문으로 붉은 노을이 비스듬히 들어왔다. 방 안은 어둑해졌다. 그때 문득 베아트리체 혹은 데미안의 초상을 창틀에 핀으로 꽂아놓고 석양에 그림을 비춰서 바라보고 싶다는 생각이 들었다. 얼굴의 윤곽이 사라지고 흐릿해졌지만 불그스름한 눈가와 밝은 빛을 띤 이마 그리고 새빨간 입술은 더욱 깊고 생생하게 타올랐다. 나는 석양이 사라진 뒤에도 한참이나 그림을 마주 보고 앉아 있었다. 그러다 그 그림은 베아트리체나 데미안이 아니라 바로 나 자신이라는 느낌이 들기 시작했다. 그림이 나와 닮지는 않았지만(어차피 그럴 리가 없다고 나는 느꼈다.) 내 삶을 형성하고 있었다. 그것은 나의 내면이자 운명 또는 데몬이었다. 내가 언젠가 다시 친구가 생긴다면 그 친구는 바로 저런 모습일 것이다. 언젠가 연인이 생긴다면 그 연인은 바로 저런 모습일 것이다. 나의 삶 그리고 나의 죽음이 저런 모습일 것이다. 그것은 내 운명의 울림이고 리듬이었다.

그 몇 주 동안 나는 책 한 권을 읽었는데, 그 책은 내가 이전에 읽었던 그 어떤 책보다도 깊은 인상을 남겼다. 그 후로도 니체가 쓴 책 정도를 제외하면 이렇게 인상 깊게 읽은 책은 거의 없었다. 노발리스의 편지와 잠언을 수록해 놓은 책이었는데, 나는 많은 것을 이해하지는 못했지만 이루 말할 수 없이 매혹적이어서 완전히 사로잡혔다. 그 잠언 중 하나가 떠올랐다. 나는 그림 아래에 그 잠언을 펜으로 적어 놓았다. "운명과 심성은 동일한 개념을 나타내는 다른 이름이다." 이제 나는 그 뜻을 이해할 수 있다.

내가 베아트리체라고 이름 붙였던 소녀하고는 여전히 자주 마주쳤다. 나는 더 이상 마음의 동요가 일어나지 않았지만, 항상 잔잔한 일체감과 함께 어떤 예감을 느꼈다. '넌 나와 연결되어 있어. 하지만 네가 아니라 너의 그림과 연결되어 있을 뿐이야. 너는 내 운명의 일부분이야.'

막스 데미안을 향한 그리움이 다시 강렬해졌다. 나는 몇 년 동안이나 그의 소식을 전혀 듣지 못했다. 방학 때 딱 한 번 그와 마주친 적이 있었다. 그 짧은 순간의 만남을 내 기록에서 빼놓았는데, 수치심과 허영심 때문에 그랬다는 것을 이제야 깨닫는다. 지금이라도 그 얘기를 해야겠다.

그러니까 내가 거만하고 항상 피로에 찌든 얼굴로 술집에 드나들던 시절에 고향에 들러 거리를 배회하고 있을 때였다. 나는 산책용 지팡이를 흔들어 대며 옛날과 변함없이 경멸스러운 속물들의 얼굴을 바라보고 걷고 있는데, 옛 친구가 맞은편에서 걸어왔다. 나는 그를 보자마자 흠칫 놀랐다. 순간적으로 프란츠 크로머가 번뜩 떠올랐다. 데미안이 그 일만은 제발 잊었기를! 그에게 마음의 빚을 지고 있다는 사실이 내게는 몹시 불편했다. 그냥 어린 시절에 겪은 어리석은 사건이었지만 그래도 그에게 빚을 진 건 사실이었다.

그는 내가 인사하기를 기다리는 듯 보였다. 내가 태연한 척 인사를 하자 그가 손을 내밀었다. 예전과 다름없는 악수였다! 강하고 따뜻하면서도 냉정하고 남자다운 악수!

그는 나를 유심히 보더니 말했다.

"싱클레어, 너 많이 컸구나."

내가 보기에 데미안은 전혀 변함없는 모습이었다. 언제나처럼 똑같이 늙고 똑같이 젊어 보였다.

그는 나와 보조를 맞춰 걸었다. 우리는 함께 산책을 하며 온갖 사소한 얘기들을 나눴지만 그 일에 대해서는 한마디도 하지 않았다. 내가 전에 그에게 여러 번 편지를 써서 보냈는데 답장을 받지 못한 것이 떠올랐다. 데미안이 멍청하기 짝이 없는 그 편지들도 다 잊었기를 바랐다. 그는 편지에 대해서는 아무 말도 하지 않았다.

당시에는 아직 베아트리체나 초상화도 없었고, 황량한 삶의 한복판에 서 있던 시절이었다. 교외에서 나는 그에게 술집에 가자고 제의했다. 그는 순순히 응했다. 나는 거만하게 포도주 한 병을 주문해서 잔에 따르고 그와 잔을 부딪친 후 대학생들의 음주 습관을 아주 익숙하게 흉내 내며 첫 잔을 단숨에 비웠다.

"너 술집에 자주 가는 모양이구나?"

그가 물었다.

"그렇지, 뭐."

내가 무심하게 말했다.

"달리 뭘 하겠어? 결국에는 그게 가장 재미있잖아."

"그렇게 생각해? 그럴지도 모르지. 제법 근사한 점도 있으니까 말이야. 도취의 황홀감과 바쿠스적인 느낌 말이지. 하지만 술집에 자주 앉아 있는 사람들은 대부분 그런 좋은 점을 완전히 잃어버렸다고 생각해. 나는 술집을 전전하는 것이야말로 정말 속물적이라는 생각이 들어. 그래, 하룻밤 정도 횃불을 밝히고 잔뜩 취해서 황홀감을 느끼는 거야 좋겠지! 하지만 늘 그렇게 한 잔, 또 한 잔 마시는 것이 과연 참된 일일까? 넌 파우스트가 저녁마다 단골 술집에 앉아 있는 모습을 상상할 수 있겠니?"

나는 술을 마시며 적의에 찬 눈빛으로 그를 쳐다보았다.

"그건 그래. 하지만 모든 사람이 파우스트는 아니잖아."

내가 짤막하게 말했다. 그는 약간 어리둥절해하며 나를 쳐다보았다. 그러더니 예전처럼 활기차고 당당한 웃음을 터트렸다.

"그래, 우리가 이런 걸로 싸워서 뭐 하겠어? 어쨌든 술주정뱅이나 방탕한 사람의 삶이 모범적인 시민의 삶보다는 훨씬 더 생동감이 있겠지. 그리고 언젠가 어디서 읽은 적이 있는데 방탕한 삶이야말로 신비주의자가 되기 위한 가장 좋은 준비 활동이라고 하더라. 성 아우구스티누스처럼 나중에 예언자가 되는 사람들은 언제든지 있으니까 말이야. 그도 한때는 향락과 쾌락을 즐기던 사람이었지."

나는 미심쩍었고, 그의 훈계를 듣고 싶지도 않았다. 그래서 퉁명스럽게 말했다.

"그래, 누구나 제 입맛대로 사는 거지 뭐. 솔직히 예언자니 뭐니 하는 거에 난 관심 없어."

데미안은 눈을 가늘게 뜨고 잘 알겠다는 듯이 쳐다보았다.

"이봐, 싱클레어."

그가 천천히 말했다.

"나는 너한테 불쾌한 말을 하려는 의도는 없었어. 그리고 네가 무슨 목적에서 지금 술을 마시는지 우리 둘 다 모르고 있어. 하지만 네 마음속에 너의 삶을 형성하는 것은 그 이유를 알고 있지. 우리 안에는 내면의 모든 것을 알고, 모든 것을 원하고, 우리 자신보다 뭐든지 더 잘하는 누군가가 있다는 것을 아는 것은 좋은 일이야. 미안하지만, 난 이만 집에 가 봐야겠어."

우리는 짧게 작별 인사를 나눴다. 나는 불쾌한 기분으로 앉아서 술 한 병을 다 비운 후 술집을 나오려는데 데미안이 이미 술값을 계산하고 갔다는 것을 알게 되었다. 그 사실이 나를 더욱

화나게 했다.

이제 내 생각은 다시 그 짧은 만남에 머물렀다. 온통 데미안 생각뿐이었다. 그리고 그가 교외에 있는 술집에서 했던 말들이 이상하게도 생생하고 또렷하게 다시 내 기억 속에 떠올랐다.

"우리 안에는 내면의 모든 것을 알고, 모든 것을 원하고, 우리 자신보다 뭐든지 더 잘하는 누군가가 있다는 것을 아는 것은 좋은 일이야."

나는 창문에 걸린, 이제는 어둠 속으로 사라진 그림을 바라보았다. 하지만 그림 속 두 눈은 여전히 빛나고 있었다. 그것은 데미안의 눈빛이었다. 아니면 나의 내면에 그 누군가의 눈빛이었다. 모든 것을 아는 그 누군가.

나는 데미안이 정말 그리웠다! 나는 그에 대해 아는 것이 없었고, 그에게 닿을 수가 없었다. 내가 아는 것이라고는 아마도 그가 어딘가에서 대학교에 다니고 있으며, 그가 김나지움을 졸업하자마자 그의 어머니가 우리 고향을 떠났다는 것뿐이었다.

나는 크로머와의 사건까지 거슬러 올라가 막스 데미안과 관련된 모든 기억을 떠올려 보았다. 그가 언젠가 나에게 했던 많은 말들이 다시 떠올랐고, 모든 말들이 여전히 의미가 있었고 지금도 나와 관련된 말들이었다! 별로 유쾌하지 않았던 우리의 마지막 만남에서 그가 방탕한 사람과 성자에 대해 했던 말도 갑자기 환하게 떠올랐다. 실제로 내가 그의 말대로 되지 않았던가? 나는 향락과 더러움, 마비와 상실 속에서 살다가, 새로운 삶의 자극을 통해 그 정반대의 것인 순결함에 대한 열망, 성스러운 것을 향한 동경이 마음속에서 살아나지 않았던가?

나는 밤이 깊도록 이런 기억을 떠올렸다. 밖에는 비가 내렸다. 내 기억 속에서도 비가 내리는 소리가 들렸다. 언젠가 밤나무 아래서 데미안이 프란츠 크로머와의 일을 캐묻고 나의 최초의 비밀을 알아맞힌 그때의 소리였다. 학교 가는 길에 나누던 대화, 입교 교육을 받던 시간 등의 기억들이 차례로 떠올랐다. 그리고 마침내 막스 데미안과의 첫 만남이 떠올랐다. 그때 무슨 얘기를 나눴더라? 곧장 떠오르지는 않았지만 시간을 두고 완전히 몰입해 보았다. 그러자 마침내 그 기억이 떠올랐다. 그가 나에게 카인에 관한 자기 생각을 들려준 후 우리 집 앞에 함께 서 있을 때였다. 그는 우리 집 현관문 위에 달린 낡고 빛바랜 문장에 관해 이야기했다. 아래에서 위로 갈수록 더 넓어지는 쐐기돌에 새겨진 문장이었다. 그는 그 문장에 흥미를 보였고 이런 것들을 항상 잘 눈여겨보고 관심을 가져야 한다고 말했다.

그날 밤 내 꿈속에 데미안과 그 문장이 등장했다. 데미안은 계속해서 변하는 그 문장을 양손에 들고 있었다. 때로는 조그맣고 회색이었다가 또 때로는 엄청 크고 여러 색깔을 띠기도 했다.

데미안은 그것이 언제나 똑같은 문장이라고 내게 설명했다. 그리고 마지막에는 내게 문장을 먹으라고 했다. 그것을 삼키자 놀랍게도 문장에 새겨져 있던 새가 내 몸 안에서 살아나 내 배를 가득 채우고 안에서 나를 쪼아 먹는 것이 느껴졌다. 나는 죽음의 공포에 사로잡혀 벌떡 일어나 잠에서 깼다.

잠이 완전히 달아나 버렸는데 한밤중이었다. 방 안으로 비가 들이치는 소리가 들렸다. 나는 창문을 닫기 위해 일어났다가 바닥에 있던 허연 무언가를 밟았다. 아침에 일어나서 보니 그것은 내가 그린 그림이었다. 축축하게 젖은 바닥 위에 떨어진 종이는 올록볼록해졌다. 나는 그림을 말리기 위해 종이를 압지로 눌러 두꺼운 책 사이에 끼워 넣었다. 다음 날 꺼내서 살펴보니 말라 있었으나 그림은 변해 버렸다. 붉은 입술은 창백해지고 조금 가늘어졌다. 이제 완전히 데미안의 입이었다.

나는 새로운 그림을 그리기 시작했다. 문장의 새를 그렸다. 원래 어떻게 생겼는지 자세히 기억나지는 않았다. 문장은 오래되고 여러 차례 덧칠되었기 때문에 가까이서 봐도 알아보기 힘든 부분들이 있다는 것이 기억났다. 새는 무언가 위에 서 있거나 앉아 있었다. 아마도 꽃이나 바구니나 둥지 또는 나무 꼭대기였을 것이다. 나는 그런 것에 개의치 않고 분명하게 떠오르는 것부터 그리기 시작했다. 알 수 없는 어떤 욕구에 따라 곧바로 강렬한

색으로 시작했다. 내 그림 속 새의 머리는 황금색이었다. 나는 기분이 내키는 대로 그림을 그렸고 며칠 만에 완성했다.

내가 그린 새는 날카롭고 대담한 매의 머리를 지닌 맹금류였다. 몸의 절반쯤은 어두운 지구에 들어가 있었는데, 마치 커다란 알에서 파란 하늘을 향해 나오려고 안간힘을 쓰고 있는 듯 보였다. 그림을 오래 보면 볼수록 점점 더 내가 꿈속에서 보았던 여러 색깔의 문장처럼 보였다.

데미안의 주소를 알고 있다고 해도 그에게 편지를 쓰는 것은 불가능했을 것이다. 하지만 무슨 일을 하든 꿈같은 예감에 휩싸인 상태였던 그때의 나는 그에게 매 그림을 보내기로 마음먹었다. 그림이 그에게 도달하든 안 하든 상관없었다. 나는 그림에 아무것도 적지 않았고, 심지어 내 이름조차 적지 않은 채 가장자리를 조심스럽게 오리고 커다란 종이봉투를 구입해서 친구의 옛 주소를 써서 발송했다.

시험이 가까이 다가왔고 나는 평소보다 공부를 더 많이 해야 했다. 무례했던 내 태도가 갑자기 바뀌자 선생님들은 나를 다시 너그럽게 받아 주었다. 여전히 착실한 학생은 아니었지만, 반년 전만 해도 내가 퇴학 처분을 기다리고 있었다는 사실을 나를 비롯한 다른 누구도 더 이상 기억하지 않았다.

아버지는 이제 나를 탓하지도 으름장을 놓지도 않고 다시 전과 같은 어조로 편지를 써서 보냈다. 하지만 나는 아버지나 그 누구에게도 나의 변화가 어떻게 일어나게 되었는지 설명할 생각은 없었다. 나의 변화가 부모님과 선생님의 소망과 맞아떨어진 것은 우연이었다. 그 변화는 나를 다른 사람에게 데려가지도 않았고 그 누구와도 가깝게 만들지도 않았고 나를 한층 더 고독하게 만들었다. 그 변화는 어딘가를 향해, 데미안을 향해, 먼 운명을 향해 있는 것이었다. 나 자신조차도 알지 못했다. 나는 그 한가운데 서 있었으니 말이다. 그것은 베아트리체로 인해 시작되었지만, 얼마 전부터 나는 내가 그린 그림과 함께 그리고 데미안에 대한 생각과 함께 완전히 비현실적인 세계에서 살고 있었기 때문에 베아트리체조차도 내 눈과 마음에서 사라져 버렸다. 나는 그 누구에게도 나의 꿈, 나의 기대 그리고 나의 내면의 변화에 대해 말할 수 없었을 것이다. 설사 내가 말하기를 원했다 하더라도 그럴 수 없었을 것이다.

하지만 내가 어찌 그것을 원할 수가 있었겠는가?

새는 알에서 나오려고 투쟁한다

내가 그린 꿈속의 새는 길을 떠나 내 친구를 찾아갔다. 답장은 이상한 방법으로 왔다.

어느 날 쉬는 시간이 끝나고 교실의 내 자리로 돌아와 보니 책 사이에 쪽지가 꽂혀 있었다. 수업 중 가끔 친구들끼리 몰래 주고받던 쪽지와 똑같은 방식으로 접혀 있었다. 쪽지를 주고받을 만한 친구가 없었던 나는 좀 의아했다. 아무래도 반 아이들이 같이 장난치자고 보낸 것 같았다. 하지만 그런 장난에 동참할 마음이 없었던 나는 쪽지를 펼쳐보지 않고 책 앞에 그냥 두었다. 수업 중에야 우연히 쪽지를 다시 손에 쥐게 되었다.

종이를 만지작거리다가 아무 생각 없이 펴보니 짧은 글이 적혀 있었다. 흘끗 보다가 시선이 한 단어에 머물렀다. 나는 정신이 번쩍 들어 글을 읽었고, 그러는 사이 내 심장은 극심한 추위 속에 있는 것처럼 운명 앞에 쪼그라들었다.

"새는 알에서 나오려고 투쟁한다. 알은 세계다. 태어나려는 자는 한 세계를 파괴해야만 한다. 새는 신에게 날아간다. 신의 이름은 아브락사스다."

나는 이 문장을 몇 번이나 읽은 뒤 깊은 생각에 잠겼다. 의심의 여지 없이 데미안에게서 온 답장이었다. 그와 나를 제외하고 새에 대해 알 만한 사람은 아무도 없었다. 데미안이 내 그림을 받은 것이었다. 그는 그림을 이해했고, 내가 그 의미를 해석할 수 있도록 도와주었다. 그런데 이 모든 것이 어떻게 맞아떨어진 것일까? 그리고 아브락사스가 무엇인가 하는 것이 가장 골치 아팠다. 전혀 들어본 적도, 읽어본 적도 없는 단어였다.

'신의 이름이 아브락사스라니!'

수업을 하나도 듣지 못한 채 시간이 가버렸다. 다음 수업이 시작되었다. 오후의 마지막 수업이었다. 대학을 갓 졸업한 젊은 보조 교사 폴렌 선생님이 수업을 했다. 학생들은 젊고 점잔 빼지 않는다는 이유만으로 폴렌을 좋아했다.

우리는 폴렌 선생님의 지도 아래 헤로도토스를 읽었다. 이 과목은 내가 좋아하는 몇 안 되는 과목 중 하나였다. 하지만 이날은 제대로 집중할 수 없었다. 습관적으로 책을 펼쳐놓긴 했지만 해석은 따라가지 않은 채 생각에 잠겨 있었다. 어쨌든 견진성사 수업 당시 데미안이 했던 말이 옳았다는 것은 내가 이미 여러 번 경험을 통해 확인한 상태였다. 간절히 원하면 이루어졌다. 수업 도중 내 생각에 깊이 몰두해 있으면 나는 매우 평안해졌고 선생님은 그런 나를 그냥 내버려 두었다. 물론 집중하지 않거나 졸고 있으면 어느덧 옆에 선생님이 서 있었다. 그런 일이 가끔 있었지만, 정말로 집중해서 생각에 빠져 있는 경우는 안전했다. 빤히 쳐다보는 방법도 시험해 보았는데 정말 믿을 만했다. 데미안과 함께 있을 때는 잘되지 않았지만, 이제는 시선과 생각으로 할 수 있는 일이 많다는 걸 자주 느꼈다.

그날도 역시 나는 생각에 잠긴 채 헤로도토스와 학교로부터 멀리 떨어져 있었다. 그런데 돌연 선생님의 목소리가 번개 치듯 의식 속으로 들어와 박혔다. 나는 기겁하여 생각에서 깨어났다. 선생님의 목소리가 들렸고 내 옆에 바짝 다가와 있었다. 내 이름을 부른 것도 같았다. 하지만 나를 보고 있지는 않았다. 나는 안도의 숨을 내쉬었다.

그 순간 다시 선생님의 목소리가 들렸다. "아브락사스"라고 큰 소리로 말했다.

시작 부분은 놓쳤지만 나는 폴렌 선생님의 설명에 귀를 기울였다.

"이 고대 종파들과 신비주의 단체들의 견해를 합리주의적 관점으로 보듯 단순하게 생각해선 안 됩니다. 우리가 생각하는 개념의 과학이 고대에는 알려지지 않았어요. 그 대신 철학적, 신비주의적 진리에 관한 연구가 고도로 발달했지요. 거기에서 부분적으로 마법과 속임수가 생겨났고, 이것은 빈번하게 사기와 범죄로 이어졌습니다. 하지만 마법도 그 유래는 고귀했으며 심오한 사상을 담고 있어요. 좀 전에 예로 들었던 아브락사스에 대한 가르침도 마찬가지입니다. 이 이름은 그리스의 주술과 연관 지어 언급되기도 하고, 현재까지도 어떤 야만족들이 여전히 섬긴다는 악마들처럼 마법을 부리는 악마의 이름으로 여겨지기도 해요. 우리는 이 이름을 신성한 것과 사악한 것의 결합을 상징적 과제로 삼은 어떤 신의 이름이라고 생각할 수도 있어요."

키가 자그마하고 박식한 이 사내는 열정적이고 훌륭하게 수업을 진행했지만 아무도 주의를 기울이지 않았다. 그 이름이 더 이상 나오지 않자 나도 곧바로 내 안으로 돌아가 정신을 집중했다.

'신성한 것과 사악한 것의 결합'이라는 말이 내 안에 울렸다. 여기에 내가 생각해 볼 무언가가 있었다. 이것은 친구로서 가장 최근에 데미안과 나누었던 이야기와 흡사했다. 그때 데미안은 우리가 숭배하는 하느님은 중간에서 분리된 반쪽짜리 세계(그것은 공식적이고 허락된 '밝은 세계'였다.)에 불과하다고 말했다. 하지만 온전한 세계를 숭배해야 하므로 하느님이면서 악마이기도 한 신을 모시든가, 하느님과 악마에게 동시에 예배를 올려야 한다고 했다. 그리고 여기 하느님이면서 악마이기도 한 신이 바로 아브락사스였다.

한동안 나는 그 흔적을 찾아보려고 애썼지만 진전이 없었다. 아브락사스에 대한 정보를 찾아 도서관을 온통 뒤지고 다녔으나 헛수고였다. 하지만 손에 쥐고 보면 작은 돌멩이에 불과한 진리를 이렇게 의도적으로 찾아다니는 방식은 내 성미에 맞지 않았다.

 나를 열렬히 사로잡았던 베아트리체의 모습은 점차 밑으로 가라앉거나 천천히 멀어지더니, 지평선 근처에서 희미하고 창백한 그림자로 남았다. 그녀는 더 이상 내 영혼을 채우지 못했다.

 몽유병자처럼 내면에서만 이상하게 맴돌던 내 존재 안에 이제 새로운 것이 형성되기 시작했다. 삶에 대한 갈망, 아니 그보다는 사랑에 대한 갈망이 내 안에 넘쳐났다. 그리고 잠시 베아트리체를 숭배하며 물리칠 수 있었던 성욕이 새로운 모습과 새로운 목표를 요구했다. 내 욕망은 여전히 충족되지 않았다. 그런 갈망을 숨긴 채 친구들이 쾌락을 위해 찾아가는 여자들을 상대로 무언가를 기대하기란 전보다 더 불가능한 일이 되었다. 나는 다시 강렬한 꿈을 꾸었고, 사실은 밤보다 낮에 더 많이 꾸었다. 내면에 피어오른 영상과 모습, 소망으로 인해 나는 바깥세상에서 떨어져 나왔고, 실제 환경보다는 내면의 이런 영상과 꿈, 그림자와 현실처럼 더 활발히 교류하며 지냈다.

 특정한 꿈 또는 상상 하나가 계속 반복되자 나는 그것에 큰 의미를 두게 되었다. 내 삶에서 가장 중요하고 의미심장한 그 꿈의 내용은 이러했다. 나는 아버지의 집으로 돌아갔다. 대문 위 문장에 새겨진 새는 파란색 바탕 위에서 노란색으로 빛나고 있었다. 집 안에 있던 어머니가 나를 맞이하러 나오셨다. 하지만 집으로 들어가 어머니를 안으려 했을 때 그것은 어머니가 아니라 크고 강한 모습의 낯선 사람이었다. 막스 데미안 혹은 나의 그림과 닮았으면서도 뭔가 달랐다. 강해 보였지만 틀림없는 여성이었다. 이 사람은 나를 끌어당겨 깊고 떨리는 사랑의 포옹을 주었다. 환희와 공포가 뒤섞인 그 포옹은 신에 대한 숭배이면서 동시에 범죄였다. 어머니에 대한 기억과 내 친구 데미안에 대한 기억이 나를 안고 있는 사람과 꽤 많이 겹쳤다. 그녀의 포옹은 모든 숭배에 대한 거역이었으나, 그럼에도 행복이었다. 나는 때로는 깊은 행복을 느끼며, 때로는 끔찍한 죄라도 지은 것처럼 죽음에 대한 공포와 양심의 가책을 느끼며 꿈에서 깨어났다.

 의식하지 못하는 사이에, 이런 내면의 영상과 내가 찾아야 하는 신에 대해 외부에서 얻은 암시 사이에 어떤 결합이 이루어지는 듯 보였다. 결합이 좀 더 단단하고 깊어지면서 나는 이 꿈속 예감이 바로 아브락사스를 불러내는 일이었음을 느끼기 시작했다. 행복과 공포, 남자와 여자가 섞여 있고, 숭고한 것과 끔찍한 것이 뒤엉켜 있으며, 깊은 죄책감이 사랑스러운 순수를 뚫고 스쳐간다. 이것이 내 관능적 꿈에 나오는 영상이었고 아브락사스의 모습이기도 했다. 사랑은 더 이상 내가 처음에 두려워했던 것처럼 어둡고 짐승 같은 욕망이 아니었다. 그리고 베아트리체의 초상화에 바쳤던 경건한 영적 숭배도 더 이상 아니었다. 사랑은 둘 다이며 동시에 훨씬 더 많은 것을 의미했다. 천사이면서 악마, 한 몸을 지닌 남자와 여자, 인간이면서 짐승, 가장 고귀한 선이면서 가장 나쁜 악이었다. 이런 사랑을 하며 살도록 정해졌고 이런 사랑을 맛보는 것이 내 운명인 것 같았다. 나는 운명을 동경하면서도 두려워했고 운명을 꿈꾸다가 그 앞에서 도망치기도 했다. 하지만 운명은 항상 거기, 내 위에 있었다.

이듬해 봄이면 김나지움을 졸업하고 대학에 진학해야 했지만 나는 아직 어디에서 무엇을 공부할지 정하지 못했다. 연한 콧수염이 나고 몸은 다 자란 성인이었지만 나는 무력했으며 삶의 목표도 없었다. 확실한 것이라고는 내 안의 소리, 꿈속의 영상뿐이었다. 나는 그것이 이끄는 대로 무조건 따라야 할 것 같았다. 하지만 그러기는 힘든 일이었으므로 나는 날마다 저항했다. 내가 미친 것 같다는 생각이 자주 들었다. 혹시 내가 다른 사람들과 달랐던 것일까? 그래도 다른 애들이 하는 것이면 나도 모두 해낼 수 있었다. 약간의 수고와 노력을 기울여 플라톤을 읽었고 삼각법에 관한 문제들을 풀었으며 화학 분석을 이해했다. 내가 할 수 없었던 단 한 가지는 내면에 어둡게 숨어 있는 목표를 꺼내 내 앞 어딘가에 놓고 바라보는 일이었다. 반면에 다른 애들은 자신이 교수나 판사가 되고 싶은지, 의사나 예술가가 되고 싶은지, 그 목표를 이루는 데 시간이 얼마나 걸릴지, 그 일에 어떤 장점이 있는지를 정확히 알고 있었다. 나는 그러지 못했다. 어쩌면 나도 언젠가 그런 직업 중 하나를 갖게 되겠지만 알 길이 없었다. 수년간 계속 찾아 헤매다 아무것도 되지 못하고 아무 목표도 이루지 못할 수도 있었다. 설령 목표를 이루었다 해도 그것은 사악하고 위험하며 끔찍한 일일 수도 있었다.

나는 내 안에서 우러나오는 대로 살고자 했을 뿐이다. 그것이 왜 그토록 어려웠을까?

꿈에 나타나는 강인한 사랑의 형상을 그림으로 그려보려고 여러 번 시도했다. 하지만 성공하지 못했다. 만약 그릴 수 있었다면 데미안에게 그림을 보냈을 것이다. 데미안은 어디에 있을까? 나는 알지 못했다. 데미안이 나와 연결되어 있다는 사실만 알았다. 언제쯤 다시 그를 만날 수 있을까?

베아트리체와 함께 여러 주, 여러 달에 걸쳐 누렸던 행복한 고요는 이미 오래전에 끝났다. 당시에 나는 섬에 도착해 평화를 얻었다고 생각했다. 하지만 늘 그렇듯 상황이 나아지고 편안한 꿈을 꾸게 되는 즉시 그런 상황이나 꿈은 곧 시들고 흐릿해졌다. 그것을 두고 한탄해봤자 무슨 소용인가! 나는 이제 채워지지 않는 갈망과 초조한 기대의 불길 속에 살며 가끔 사납고 거칠게 굴었다. 나는 꿈속 연인의 모습을 살아 있는 것보다 더 또렷이, 내 손보다도 훨씬 더 분명하게 보았다. 나는 그 모습을 마주한 채 이야기를 나누고 흐느껴 울고 욕설을 퍼부었다. 그것을 어머니라 부르며 그 앞에 무릎 꿇은 채 울었고, 연인이라 부르며 진하고 만족스러운 입맞춤을 기대했고, 악마와 창녀, 흡혈귀와 살인자라고 부르기도 했다. 그것은 나를 꼬여내어 달콤한 사랑의 꿈을 꾸게 했고 악랄한 파렴치한으로 만들기도 했다. 그 모습에는 너무 좋고 소중한 것도, 너무 나쁘고 미천한 것도 없었다.

그 겨우내 나는 글로 표현하기 힘든 내적 혼란에 빠져 지냈다. 오래전부터 고독에 익숙해진 터라 외로움에 짓눌리지는 않았다. 그저 데미안과 새 그리고 내 운명이자 연인인 거대한 꿈속 영상과 함께 살았다. 삶 전체가 크고 넓은 공간을 내다보며 아브락사스를 향해 있었으므로 나는 그렇게 사는 데 만족했다. 하지만 이런 꿈과 생각은 내 것이 아니었다. 마음대로 불러낼 수도 없고 원하는 색을 칠할 수도 없었다. 그것들은 내게 와서 나를 장악해버렸고, 나는 그것들에 지배당하며 그것들이 시키는 대로 살았다.

바깥세상에 대해서는 두려운 것이 없었다. 학우들도 내가 아무도 겁내지 않는다는 사실을 알아 은근히 조심스럽게 대했다. 그런 학우들을 볼 때마다 웃음이 나왔다. 원하기만 하면 나는 언제든 학우들의 마음을 꿰뚫어 볼 수 있었고, 가끔 그렇게 해서 학우들을 놀라게 하기도 했다. 다만 그러고 싶은 생각이 거의 또는 전혀 들지 않았을 뿐이다. 내가 몰두했던 대상은 언제나 나 자신이었다. 그리고 이제 언젠가 한 번은 세상에 내 일부를 내어놓고, 세상과 교류하고 투쟁하며 살아볼 수 있기를 간절히 원했다. 저녁에 거리를 돌아다니다가 자정까지도 불안감에 집으로 돌아갈 수 없을 때면 지금 이 순간 내 연인이 옆 모퉁이를 지나다가 나와 마주치거나 근처 창문에서 나를 부를 것만 같다고 생각했다. 때로는 이 모든 것이 견딜 수 없이 괴로워서 자살하려고 마음먹은 적도 있었다.

그즈음 나는 다른 이들이 흔히 말하듯, '우연히' 희한한 안식처를 발견했다. 하지만 나는 그런 우연을 믿지 않는다. 누군가가 자신에게 몹시 필요한 무언가를 찾아냈다면, 그 무언가는 우연히 거기 있었던 것이 아니다. 그 사람의 열망과 욕구가 그를 거기로 이끈 것이다.

거리를 쏘다니던 중 작은 변두리 교회에서 흘러나오는 오르간 소리를 두세 번쯤 들었다. 하지만 그 자리에 멈춰 서지는 않았다. 그다음 지나칠 때 흘러나오는 음악이 바흐의 곡이라는 걸 알았다. 교회 문으로 가서 보니 잠겨 있었다. 거리에 인적이 드물어서 교회 옆 갓돌에 앉아 옷깃을 세우고 연주에 귀 기울였다. 훌륭하진 않지만 그런대로 괜찮은 오르간에, 연주는 나무랄 데 없이 뛰어났고 기교도 거장의 솜씨에 가까웠다. 게다가 의지와 고집에서 나오는 표현이 독특하면서도 상당히 개인적이어서 마치 기도 소리처럼 들렸다. 연주하는 사람이 이 음악 속에 숨겨진 보석을 알고 있는 것 같았다. 연주자가 자신의 생명이라도 되는 듯 그 보석을 얻기 위해 애원하고 두드리며 애쓰고 있다는 느낌이 들었다. 음악의 기교에 대해서는 잘 모르지만 어릴 적부터 나는 이런 영혼의 표현을 본능적으로 이해했고, 음악을 무언가 자명한 것으로 내 안에 받아들였다.

그 연주자는 현대음악도 연주했다. 레거의 곡인 듯싶었다. 교회는 어둑했고 희미한 불빛만이 가까이에 있는 창을 통해 새어 나왔다. 나는 연주가 끝나고 연주자가 나오는 모습이 보일 때까지 이리저리 서성거렸다. 아직 젊은 남자였는데 나보다 나이가 많아 보였다. 각진 어깨에 다부진 체구였다. 힘차면서도 주춤대는 걸음걸이로 빠르게 발을 내디뎠다.

그 뒤로 저녁 시간이면 자주 교회 앞에 앉아 있거나 서성거렸다. 한번은 문이 열려 있기에 안으로 들어가 추위에 떨면서도 행복한 마음으로 30분쯤 신도석에 앉아 있었다. 그동안 위에서는 그 남자가 희미한 가스 불빛 아래서 오르간을 연주했다. 그가 연주하는 곡은 자신을 표현하고 있을 뿐 아니라 모든 곡이 밀접하게 연결되어 숨겨진 맥락을 지니고 있는 듯 보였다. 연주하는 모든 곡이 종교적이고 헌신적이며 경건했지만 교회 신도와 성직자에게서 느껴지는 경건함은 아니었다. 그것은 중세 시대의 순교자와 거지에게서 느껴지는 경건함, 모든 종파를 초월하는 세계의식에 대한 절대적 헌신을 담은 경건함이었다. 남자는 바흐 이전 음악가들의 곡도 자주 연주했고, 옛 이탈리아 작곡가들의 곡도 연주했다. 그 곡들은 모두 같은 것을 표현했으며 이는 오르간 연주자의 영혼에 있는 것이기도 했다. 그것은 곧 열망이자, 세상에 대한 진정한 이해와 그에 따른 세상과의 무모한 단절이었다. 또 자신의 어두운 영혼에 대한 열정적인 귀 기울임, 헌신에서 비롯된 극도의 흥분, 경이로운 것에 대한 깊은 호기심이었다.

한번은 교회에서 나온 오르간 연주자를 몰래 따라갔는데 멀리 시 외곽에 있는 작은 술집으로 들어가는 모습을 보았다. 나는 참지 못하고 따라 들어갔다. 거기서 처음으로 남자를 또렷이 보았다. 남자는 작은 술집 구석에 놓인 탁자에 앉아 있었다. 검은색 중절모를 쓴 채 주문한 포도주를 앞에 두고 있었다. 얼굴은 예상했던 대로였다. 못생겼고 약간 사나운 인상이었다. 예리하면서 고집이 세고 독단적이며 의지가 굳어 보였지만 입가는 부드럽고 아이 같았다. 남성스러움과 강인함은 모두 눈과 이마에 있었고, 얼굴 아랫부분은 온화하고 미숙하며 제멋대로인 것 같으면서도 다소 부드러워 보였다. 우유부단한 듯 보이는 턱은 이마와 눈빛과는 달리 소년처럼 보였다. 나는 긍지와 적의로 가득 찬 짙은 갈색 눈이 마음에 들었다.

나는 말없이 맞은편 자리에 앉았다. 우리 말고는 손님이 아무도 없었다. 남자가 나를 쫓아버리고 싶다는 눈길로 바라보았다. 그래도 나는 굴하지 않고 빤히 쳐다보았다. 결국 남자가 퉁명스럽게 말을 걸었다.

"뭘 그렇게 쳐다보는 겁니까? 내게 원하는 거라도 있나요?"

"아뇨, 전혀 없습니다. 하지만 전 이미 당신에 대해 많은 것을 알고 있지요."

오르간 연주자가 미간을 찌푸렸다.

"그렇다면 음악 애호가요? 음악에 열광하는 것은 역겨운 일이라고 봅니다."

나는 기죽지 않고 대꾸했다.

"교회에서 당신의 연주를 여러 번 들었습니다. 어쨌든 귀찮게 할 생각은 없습니다. 당신한테서 무언가를 발견한 것 같아서요. 딱히 뭔지는 모르겠지만 뭔가 특별한 것을요. 하지만 신경 쓸 거 없습니다. 교회에 가면 당신 음악을 들을 수 있으니까요."

"언제나 문을 잠가 두는데……."

"최근에 문 잠그는 걸 잊으셨기에 안으로 들어가 앉아 있었습니다. 보통은 밖에서 선 채로 듣거나 갓돌에 앉아서 듣죠."

"그래요? 다음번엔 들어와서 들으세요. 안이 따뜻할 테니. 문을 두드리기만 하세요, 세게. 내가 연주하는 동안엔 말고요. 이제 말해봐요……. 무슨 말이 하고 싶은 거죠? 아직 젊은 걸 보니 고등학생이나 대학생 같은데. 음악가인가요?"

"아니요. 음악을 즐겨 듣습니다. 하지만 당신이 연주하는 종류만 듣지요. 절대적 음악, 누군가가 천국과 지옥을 뒤흔드는 것처럼 느껴지는 음악 말이에요. 생각해 보니 제가 음악을 좋아하는 이유는 도덕적이지 않아서인 것 같습니다. 다른 것들은 전부 도덕적이거든요. 저는 도덕적이지 않은 것을 찾고 있었지요. 도덕적인 것은 언제나 괴로움만 안겨주거든요. 잘 표현할 수가 없네요. 당신은 하느님이면서 동시에 악마이기도 한 신이 있어야 한다는 걸 아십니까? 저는 그런 신이 존재했다고 들은 적이 있거든요."

음악가는 챙 넓은 모자를 뒤로 약간 젖혀 짙은 색 머리카락을 널찍한 이마에서 쓸어 넘겼다. 그러고는 나를 뚫어지게 쳐다보더니 테이블 너머 내 쪽을 향해 얼굴을 숙였다.

그가 숨죽인 채 물었다.

"당신이 말하는 신의 이름이 뭐요?"

"유감스럽게도 그에 대해 별로 아는 게 없어서 이름밖에 모릅니다. 아브락사스예요."

음악가는 누가 듣기라도 할까 봐 주변을 의심스러운 눈초리로 둘러보았다. 그런 뒤 다시 내게로 몸을 숙이고 속삭이듯 말했다.

"그럴 줄 알았소. 당신은 누구요?"

"김나지움에 다니는 학생입니다."

"아브락사스에 대해선 어떻게 알게 된 거지?"

"우연히요."

순간 남자가 탁자를 쾅 쳤다. 그 바람에 포도주가 잔에서 튀어넘쳤다.

"우연이라고! 그런 엉터리…… 이봐, 터무니없는 소리 그만해! 아브락사스에 대해 우연히 들을 수 없다는 건 당신도 알 텐데. 내가 더 많은 걸 말해주겠소. 그에 대해서 좀 알고 있으니."

음악가는 말을 멈추고 의자를 뒤로 밀었다. 내가 기대에 가득 찬 눈으로 바라보자 얼굴을 찌푸렸다.

"여기서 말고! 다음번에. 자, 한잔해요!"

남자가 입고 있던 외투 주머니에 손을 넣더니 구운 밤 몇 알을 꺼내 내게 던져주었다.

나는 아무 말 않고 밤을 받아서 먹었고 흐뭇한 기분에 잠겼다.

"자, 그럼!"

잠시 후 음악가가 다시 속삭였다.

"어디서 알게 된 거요, 그것에 대해서……?"

나는 망설임 없이 대답했다.

"한동안 고독과 절망에 빠져 지낸 적이 있습니다. 그때 몇 년 전부터 알고 지낸, 정말 박식하다고 생각되는 친구 하나가 떠올랐지요. 제가 지구본 속에서 바깥으로 나오려는 새 한 마리를 그려놓은 게 있었는데, 그 그림을 그 친구에게 보냈죠. 얼마 후 답장에 대한 기대를 접어버렸을 무렵 쪽지 하나를 받았어요. 펴보니 이렇게 쓰여 있더군요. '새는 알에서 나오려고 투쟁한다. 알은 세계다. 태어나려는 자는 한 세계를 파괴해야만 한다. 새는 신에게 날아간다. 신의 이름은 아브락사스다.'"

아무 대답도 돌아오지 않았다. 우리는 밤을 까서 포도주와 함께 먹었다.

" 한 잔씩 더 하지."

음악가가 입을 열었다.

"아니, 괜찮습니다. 술을 좋아하지 않아서요."

음악가는 약간 아쉬워하며 웃었다.

"좋으실 대로! 나와는 다르군요. 난 여기 좀 더 있을 테니 이제 가보시오!"

다음번 오르간 연주가 끝난 후 나는 그 남자와 함께 걸었다. 음악가는 걷는 동안 내내 말이 별로 없었다. 그는 나를 이끌고 오래된 길에 있는 낡고 웅장한 집으로 들어가 어딘지 모르게 우울하고 적막해 보이는 큼직한 방으로 올라갔다. 피아노를 제외하고는 음악에 관련된 것이 전혀 없었고, 커다란 책장과 책상이 학구적인 분위기를 자아냈다.

"책이 정말 많군요!"

내가 감탄하며 말했다.

"일부는 아버지 서재에서 가져온 거요. 아버지와 같이 살거든. 그래, 젊은 친구. 난 부모님과 함께 살지만 당신을 소개해 줄 수는 없소. 여기 이 집에서는 내 지인들을 그리 달가워하지 않거든. 알다시피 난 내놓은 자식이지. 아버지는 이 도시에서 매우 권위 있는 분으로 훌륭한 성직자이자 설교가요. 그리고 역시 알다시피 난 아버지의 재능 많고 촉망받는 아들이지만, 타락해서 정신이 약간 이상해졌지. 난 신학생이었는데 국가시험 바로 전에 그 훌륭한 과목을 포기해 버렸소. 그래도 사실 그 분야는 개인적으로 항상 공부하고 있소. 사람들이 제각각 어떤 신들을 만들어 내는지가 내겐 늘 중요한 관심거리거든. 아무튼 현재 나는 음악가고 머지않아 오르간 연주가로서 작은 자리를 하나 얻게 될 것 같소. 그럼 또다시 교회에 머물게 되겠지."

나는 작은 탁상 램프의 희미한 빛이 비치는 데까지 책등을 훑어보았다. 그리스어와 라틴어, 히브리어로 된 제목들이 보였다. 그러는 사이 나의 새로운 지인은 벽 가까이 어두운 바닥에 누워 무언가를 하고 있었다.

"이리 와봐요."

얼마 후 음악가가 나를 불렀다.

"철학을 좀 해봅시다. 그러니까 입을 다문 채 배를 대고 엎드려 생각하는 거요."

남자는 자신이 누운 곳 앞에 있는 벽난로 속 종이와 땔감에 성냥으로 불을 붙였다. 불길이 치솟았다. 그는 정성스럽게 부채질을 하고 입김을 불어 불씨를 살렸다. 나는 낡은 양탄자에 올라가 그 옆에 누웠다. 남자는 불 속을 응시했고 나도 곧 불 속으로 빨려들었다. 우리는 말없이 한 시간 정도 가물거리는 장작불 앞에 엎드린 채 타오르는 불길을 바라보았다. 불길은 활활 타오르다 뒤틀리며 잦아들었고, 떨리며 깜박거리다가 마침내 난로 바닥에 차분하게 가라앉았다.

어느 순간 남자가 혼잣말로 중얼거렸다.

"불에 대한 숭배가 전혀 터무니없는 발상은 아니었어."

이 한마디 말고는 누구도 말을 꺼내지 않았다. 나는 불길에 시선을 고정한 채 꿈과 고요에 잠겨 연기로 피어오르는 모습과 잿더미 속에 그려지는 영상을 바라보았다. 그러다 화들짝 놀랐다. 음악가가 송진 한 조각을 불 속에 집어 던지자 작고 가느다란 불길이 치솟았다. 그 불길 속에 노란색 매의 머리를 가진 새가 보이는 것이었다. 사그라지는 장작불 속에 황금색으로 빛나는 실들이 모여 그물을 이루었다. 철자와 그림 들이 나타났고, 그 형상들은 얼굴과 동물, 식물, 벌레, 뱀을 연상시켰다. 정신을 차리고 옆을 보니 음악가는 주먹에다 턱을 얹고 완전히 빠져들어 잿더미를 바라보고 있었다.

"이제 가봐야겠어요."

내가 나직이 말했다.

"그럼 어서 가요. 안녕!"

그는 일어서지 않았다. 램프도 꺼져 있어서 나는 캄캄한 방과 어두운 복도와 계단을 더듬어가며 그 매혹적이고 오래된 저택을 빠져나왔다. 거리로 나오자 잠시 멈춰 낡은 저택을 올려다보았다. 모든 창에 불이 꺼져 있었다. 놋쇠로 만들어진 작은 문패가 문 앞 가로등 불빛에 반짝였다.

"피스토리우스, 주임 목사."

나는 문패에 적힌 글을 읽어보았다.

집으로 돌아와 저녁 식사를 하고 내 작은 방에 앉고 나서야 내가 아브락사스나 피스토리우스에 대해 아무것도 알아내지 못했으며, 우리가 나눈 말이 열 마디도 안 된다는 것을 깨달았다. 그러나 피스토리우스의 집을 방문한 것은 무척 만족스러웠다. 게다가 그는 다음번에 아름다운 옛 오르간 연주곡인 북스테후데의 〈파사칼리아〉를 들려주기로 약속했다.

　당시에는 몰랐지만 오르간 연주자 피스토리우스는 내게 첫 수업을 한 것이었다. 우울한 은신처인 자신의 방 벽난로 앞에 나와 함께 엎드린 채 말이다. 불을 바라보는 체험은 내게 이로웠다. 그 덕분에 내가 항상 지니고 있으면서도 실제로 돌보지 못했던 내 안의 성향들을 강화하고 인정할 수 있었다. 점차 나는 내 성향에 대해 부분적으로나마 더 깊이 이해하게 되었다.
　어린아이였을 때조차 나는 신기한 자연현상을 있는 그대로 바라보지 않고 자연의 기묘한 마법, 그 혼란스럽고 깊은 언어에 빠져들곤 했다. 오래되어 울퉁불퉁하고 비틀린 나무뿌리, 바위 속의 유색 무늬, 수면에 떠 있는 기름방울, 유리에 간 금, 이런 모든 것이 어린 내게는 강력한 마법 같았다. 특히 물과 불, 연기, 구름, 먼지가 그랬으며, 그중에서 제일 신기한 것은 눈을 감았을 때 빙글빙글 돌며 나타나는 총천연색 점들이었다. 피스토리우스의 집을 처음 방문한 후 며칠이 지나자 나는 다시 이런 것들을 생각나기 시작했다. 타오르는 불을 오랫동안 바라본 덕분에 이후로 계속해서 어떤 새로운 힘과 기쁨, 나 자신에 대한 고양감이 느껴지는 것 같았기 때문이다. 그것은 신기할 정도로 기운을 북돋아 주는 유익한 체험이었다.

의 새로운 체험은 지금껏 나만의 인생 목표를 향한 길에서 접한 몇 안 되는 경험에 추가되었다. 그런 형상들을 응시하며 자연의 부조리하고 혼란스러우며 기이한 형태에 몰두하다 보면, 형태를 만든 의지와 우리의 내면이 일치하는 듯 느껴진다. 우리는 곧바로 이런 느낌을 자신의 변덕으로, 자신의 창작물로 여기고 싶은 유혹을 느낀다. 우리는 우리와 자연 사이의 경계가 흔들리고 녹아 없어지는 것을 보며, 망막에 나타나는 영상이 외부에서 받는 인상인지 내부에서 받는 인상인지 모르는 상태에 익숙해진다. 우리가 얼마만큼 창조적일 수 있고, 우리 영혼이 얼마나 지속적으로 세계 창조에 참여할 수 있는지를 이 연습에서처럼 빠르고 쉽게 알아낼 방법은 어디에도 없다. 더 정확히 말하면 우리 안에 그리고 자연 속에는 분리될 수 없는 똑같은 신성이 활동하고 있다. 따라서 만일 외부 세계가 파괴되면 우리 각자가 그것을 다시 세울 수 있을 것이다. 산과 강, 나무와 나뭇잎, 뿌리와 꽃, 자연의 모든 형태가 우리 안에 잠재해 있다가 영혼에서 자라난다. 영혼의 본질은 영원하고 그 본질에 대해 알려진 바는 없지만, 우리에게는 주로 사랑하고 창조하는 힘으로 알려져 있다.

여러 해가 지나서야 나는 이런 관찰을 어떤 책이 뒷받침해 주고 있음을 알았다. 바로 레오나르도 다빈치의 책이었다. 다빈치는 많은 사람이 침을 뱉은 벽을 바라보며 깊고 완전한 감동을 느낀다고 했다. 축축한 벽에 난 침 자국들 앞에서 피스토리우스와 내가 불 앞에서 느낀 것과 같은 감정을 느꼈던 것이다.

다음번 만남에서 오르간 연주자는 이렇게 설명했다.

"우리는 항상 인격의 경계를 너무 좁게 한정 지어요! 자신의 인격을 다른 사람과 구별되는 것, 유별난 것으로만 떼어 생각한단 말이오. 하지만 우리는 각자가 온전한 세계예요. 우리 몸 안에 진화의 계보가 들어 있어서 물고기였던 때로, 그리고 그보다 더 멀리까지 거슬러 올라갈 수 있는 것처럼, 우리의 영혼 속에는 인간의 영혼이 경험했던 모든 것이 들어 있소. 그리스인에게든 중국인에게든 혹은 줄루족에게든 상관없이 지금껏 존재했던 모든 하느님과 악마는 우리 안에 가능성과 소망, 배출구로서 존재하지. 인류가 멸망하고 교육을 전혀 받아본 적 없는 평범한 아이 하나만 남더라도 그 아이는 세계의 전체 흐름을 다시 찾아내 하느님과 악마, 낙원, 허락된 것과 금지된 것, 구약과 신약, 그 모든 것을 다시 만들어 낼 수 있소."

"그렇군요."

나는 이의를 제기했다.

"하지만 그런 경우 개인의 가치는 어디에 있는 겁니까? 우리 안에 모든 것이 이미 완벽하게 들어 있는데 계속 노력할 필요가 있을까요?"

"그만!"

피스토리우스가 격하게 외쳤다.

"자신 안에 세계를 지니고만 있는 것과 그 사실을 깨닫는 것은 엄청난 차이가 있지! 미치광이가 플라톤을 연상시키는 생각을 읊조릴 수도 있고, 헤른후트파의 신앙심 깊은 어린 학생이 영지주의나 조로아스터교에 나오는 심오한 신비주의적 관계를 창의적으로 재현해 낼 수도 있소. 하지만 그 사실을 전혀 인식하지 못하지! 그것을 인식하지 못하는 한 그는 나무나 돌, 기껏해야 짐승일 뿐이오. 그러다가 그것을 깨닫기 시작하면 그제야 인간이 되는 거요. 직립보행을 하고 9개월간 아이를 잉태한다는 이유만으로 두 발로 걸어 다니는 자들을 모두 인간이라고 생각하는 건 아니겠지? 그들 중 얼마나 많은 자들이 물고기나 양, 벌레나 거머리, 개미나 벌인지 알잖소! 현재 그들 각자의 내면에 인간이 될 수 있는 가능성은 있소. 하지만 스스로 그 가능성을 감지하고 부분적으로나마 인식하는 법을 배워야만 그것을 자기 것으로 만들 수 있단 말이오."

우리의 대화는 이런 식이었다. 완전히 새롭거나 놀라운 것은 거의 없었다. 하지만 모든 대화는, 아주 사소한 것마저도 부드럽게 계속되는 망치질처럼 내 안의 같은 장소에 들어와 박혔다.

그리하여 내가 자아를 형성하고 살갗을 벗겨내며 알을 깨고 나올 수 있도록 도왔다. 나의 황금빛 새가 깨진 지구본 밖으로 아름다운 머리를 내밀 수 있도록, 망치질이 있을 때마다 나는 매번 고개를 좀 더 높이 자유롭게 치켜들었다.

우리는 서로의 꿈에 대해서도 자주 이야기했다. 피스토리우스는 꿈을 해석하는 법을 알고 있었다. 좋은 예가 하나 생각난다. 어떤 꿈에서 나는 날고 있었다. 하지만 큰 탄력에 의해 공중으로 내던져진 것일 뿐 스스로 비행을 조종할 수는 없었다. 날아오르는 기분은 매우 신났지만 내 의지와 상관없이 위험한 높이로까지 치솟고 있었기에 곧 두려움으로 바뀌었다. 그 순간 나는 숨을 참거나 내쉬면서 상승과 하강을 조종할 수 있다는 사실을 발견하여 살아날 수 있었다.

그 꿈에 대해 피스토리우스가 설명했다.

"당신을 날아가게 만든 탄력은 누구나가 지닌 인류의 큰 자산이오. 모든 힘의 근본과 연관된 느낌이지만 동시에 사람을 두렵게 만드는 일이지! 위험한 저주에 걸려 있으니까! 그 때문에 사람들은 대부분 기꺼이 비행을 단념하고 법을 지키며 안전하게 인도에 머무는 쪽을 택하는 거요. 하지만 당신은 달라요. 용감한 친구들이 그렇듯 당신은 계속 날고 있소. 그리고 보시오, 놀랍게도 점차 비행을 조종할 수 있게 되어 당신만이 지닌 섬세하고도 미약한 힘, 신체 기관, 방향키가 이끄는 대로 보편적이고 거대한 힘을 향해 나아가고 있소! 멋진 일이오. 그런 것 없이 무기력하게 공중으로 날아오르는 것은 미친 자들이나 하는 짓이오. 그들은 인도를 걸어 다니는 시민들에 비해 깊은 직관을 지녔을 뿐, 날 수 있는 비결도 모르고 방향키도 없으니 심연으로 곤두박질치고 말지. 하지만 싱클레어, 당신은 할 수 있소! 어떻게? 아직 전혀 모르겠소? 새로운 신체 기관, 호흡 조절기를 이용해서 나는 거요. 그러니 이제 당신의 영혼이 그 깊숙한 곳에서는 얼마나 '개인적'이지 않은지 알 수 있겠지. 사실 영혼이 이 조절기를 발명한 것은 아니오! 새로운 것이 아니란 말이오! 수천 년 전에 있었던 것을 빌린 거지. 그것은 물고기가 균형을 잡기 위해 이용하는 부레요. 그리고 실제로 오늘날에도 물고기 중 특이한 몇몇 원시종들은 부레가 폐 기능을 해서 특정 환경에서는 진짜 공기로 숨을 쉬기도 한다오. 다시 말하면 당신이 꿈속에서 날기 위해 부레로 사용했던 폐와 똑같은 것이오!"

피스토리우스는 동물학책을 가져와 그 원시 물고기의 이름과 생김새를 보여주기까지 했다. 진화 초기에 생겨났던 신체 기능이 내 안에 여전히 존재한다고 생각하니 묘한 전율이 느껴졌다.

야곱의 싸움

특이한 음악가 피스토리우스가 들려준 아브락사스에 관한 이야기를 다시 짧게 설명할 수는 없다. 다만 그의 가르침 가운데 가장 중요했던 것은 내가 자신에게로 향한 길 위에서 또 한 걸음을 떼었다는 사실이었다. 당시에 나는 열여덟 살 정도 된 평범치 않은 젊은이였다. 여러 면에서 조숙하면서도 다른 여러 면에서는 한참 뒤처지고 무능했다. 동급생들과 비교해 보면 나는 자주 도도하고 건방지게 굴었지만, 이에 못지않게 의기소침해지고 부끄러워한 적도 많았다. 나 자신이 천재로 보일 때도 있었고 반미치광이로 보일 때도 있었다. 나는 동급생들의 기쁨과 삶에 동참할 수 없었고, 가끔 그들에게서 소외되어 절망에 빠지고 삶이 폐쇄적이라고 느낄 때마다 자기혐오와 근심에 사로잡히곤 했다.

그 자신도 어른이면서 괴짜였던 피스토리우스는 내게 용기와 자존심을 갖도록 가르쳤다. 피스토리우스는 언제나 내 이야기와 꿈, 상상과 생각에서 가치 있는 점을 찾아냈다. 그리고 그것들에 대해 진지하게 생각하고 열심히 토론하면서 본보기가 되어주었다.

"당신은 음악이 도덕적이지 않아서 좋다고 말한 적이 있지." 피스토리우스가 말했다.

"그럴 수 있소. 하지만 그렇다면 당신 자신도 도덕주의자여서는 안 돼요! 자신을 다른 사람들과 비교하지 마요. 자연이 당신을 박쥐로 창조했다면 당신은 타조가 되고 싶어 하면 안 돼요. 당신은 자신을 특이하다고 생각하고, 다수가 가는 길과는 다른 길을 가는 것에 대해 자책하는데, 그러지 말길 바라오. 불을 보고 구름을 보면서 생각이 찾아들고 영혼 속에 음성이 들리기 시작하면 거기에 따르면 되는 거요. 선생님이나 아버지, 혹은 믿는 신이 당신의 생각을 허락해 줄지, 마음에 들어 할지는 궁금해하지 마요! 그런 의혹은 당신을 망치는 거란 말이오. 그러면 당신은 땅에 뿌리 내린 채 화석이 될 거란 말이오. 싱클레어, 우리의 신은 아브락사스예요. 그는 신이면서 악마이고, 밝은 세계와 어두운 세계를 한 몸에 지니고 있어요. 아브락사스는 당신의 생각과 꿈을 모두 인정해요. 그 점을 절대로 잊어선 안 돼요. 그러나 일단 당신이 떳떳하고 평범해지면 그는 당신을 떠날 거요. 당신을 떠나 자신의 생각을 요리할 새로운 그릇을 찾아 나설 거요."

 내 모든 꿈 중 가장 끊임없이 꾸는 것이 저 어두운 사랑의 꿈이었다. 나는 그 꿈을 자주 꾸었다. 새가 그려진 문장 밑을 지나 오래된 우리 집에 들어가서 어머니를 안고 싶었지만, 어느새 내 품에는 어머니 대신 반은 남자, 반은 여자처럼 보이는 키가 큰 어머니 같은 여인이 안겨 있었다. 나는 그 여인을 두려워하면서도 불타는 열망으로 그녀에게 이끌렸다. 이 꿈에 대해서는 내 친구에게 아무 말도 할 수 없었다. 다른 이야기는 모두 털어놓아도 그것만은 숨겨두었다. 그 꿈은 내 개인적 공간이자 비밀, 피난처였다.

우울할 때면 피스토리우스에게 북스테후데의 〈파사칼리아〉를 연주해달라고 했다. 그러고는 어스름한 저녁 교회에 앉아 그 묘하고 내면으로 침잠하여 자신을 바라보는 것 같은 음악에 빠져들었다. 이 음악은 매번 도움이 되었고 내가 영혼의 목소리를 옳다고 여기도록 마음먹게 했다.

가끔 우리는 오르간 연주가 끝나고도 잠시 더 교회에 앉아 있었다. 그리고 높이 달린 아치형 창을 통해 희미한 빛이 새어 들어왔다가 사라지는 것을 바라보았다.

"내가 한때 신학생이었고 목사가 될 뻔했다는 사실이 우습게 들릴 거요."

피스토리우스가 입을 열었다.

"하지만 그것은 내가 저지른 형식상의 오류일 뿐이지. 성직자가 되는 것은 내 소명 혹은 목표니까. 나는 단지 너무 일찍 만족해서 아브락사스를 알기도 전에 여호와를 섬기게 된 것뿐이오. 아, 모든 종교는 아름다워요. 기독교 성찬식에 참석하든, 메카로 성지순례를 떠나든 종교는 영혼이지요."

"그렇다면."

내가 그에 대답했다.

"실제로 목사가 될 수도 있었겠네요."

"아니, 싱클레어. 그렇지 않아요. 난 거짓말을 해야 했을 거요. 종교의 역할이 종교답지 않으니까. 종교가 마치 이성의 작용처럼 보이죠. 어쩔 수 없는 상황이라면 가톨릭 신부가 될 수는 있었겠지만, 개신교 목사는······ 아니야! 내가 그런 사람들을 알아서 하는 얘기인데, 몇몇 독실한 신자들은 문구에만 집착하는 경향이 있소. 그런 그들에게 내가, 예수는 나에게 있어 사람이 아니라 영웅이고 신화이며, 인간성이 영원의 벽에 그려져 나타나는 거대한 그림자라고 말할 수는 없을 거요. 그리고 지혜로운 설교를 듣기 위해, 의무를 다하기 위해, 아무것도 놓치지 않으려는 등의 이유로 교회에 가는 사람들에게 내가 무슨 말을 해야 한단 말이오? 그들을 개종시켜야 한다고 생각하나요? 난 그럴 마음이 전혀 없소. 성직자는 개종을 원하는 것이 아니라 단지 믿는 사람들, 자신과 같은 부류에 속해 살고 싶을 뿐이고, 우리가 신을 만들게 된 감정을 전달하며 표현하고 싶은 거요."

음악가는 잠시 말을 멈췄다.

"이봐요, 친구. 우리가 지금 아브락사스라는 이름을 골라 붙여준 새로운 믿음은 아름다운 거예요. 우리가 가진 최상의 존재지. 하지만 아직은 갓 태어난 생명에 불과해요! 날개도 다 자라지 않은 상태예요. 아, 고독한 종교는 아직 진정한 종교라고 할 수 없소. 공동체가 형성되어야 하고 숭배와 환희, 축제와 종교의식이 있어야 하지."

피스토리우스는 생각에 잠겨 자신 속으로 가라앉았다.

"종교의식을 혼자서, 아니면 아주 작은 집단으로는 치를 수 없나요?"

내가 머뭇거리며 물었다.

"가능해요."

피스토리우스가 고개를 끄덕였다.

"난 이미 오래전부터 의식을 치러왔소. 들키는 날엔 틀림없이 몇 년간 감옥살이를 하게 되겠지. 하지만 이 의식이 아직은 진짜가 아니란 것도 알아요."

그가 갑자기 내 어깨를 툭 치는 바람에 나는 움찔했다.

"젊은 친구!"

그가 강하게 말했다.

"당신도 의식을 치르고 있소. 말해주지 않아도 나는 당신이 꿈을 꾼다고 확신하오. 그 꿈들에 대해 알고 싶진 않소. 하지만 꿈속에서 생활하고 즐기며 그 안에 제단을 지으라는 정도만 말해두지! 그것은 아직 완성되지는 않았어도 방향을 잘 잡은 길이오. 당신과 나, 몇몇 다른 이들이 언젠가 세상을 새롭게 할지 못할지는 두고 보면 알 수 있겠지. 하지만 매일 우리 안에서 세상을 새롭게 만들지 않는다면 그 일은 절대 이룰 수 없소. 명심해요! 당신은 열여덟 살이오, 싱클레어. 창녀들에게로 달려가선 안 돼요. 사랑을 꿈꾸고 사랑을 갈망해야 하오. 어쩌면 그런 꿈과 갈망이 생겨 두려워하고 있는지도 모르겠군요. 두려워하지 마시오! 그것들은 당신이 가진 것 중 최고예요! 내 말을 믿어요. 당신 나이였을 때 나는 사랑의 꿈을 억누르다 많은 것을 잃었소. 그러면 안 돼요. 아브락사스에 대해 아는 사람이라면 더더욱! 아무것도 두려워 말고, 우리 안의 영혼이 원하는 바를 금지된 것으로 여기지 말아야 해요."

나는 놀라서 반박했다.

"하지만 마음에 떠오르는 것을 모두 행동으로 옮길 수는 없잖아요! 어떤 사람이 싫다는 이유만으로 그를 죽일 수는 없잖아요."

피스토리우스가 내게 더 가까이 다가왔다.

"상황에 따라서는 그럴 수 있소. 대부분 실수에 불과하지만. 모든 일을 단순히 머릿속에 떠오르는 대로 하라는 뜻은 아니오. 하지만 그 자체로 충분한 의미가 있는 이 생각들을 쫓아버리고 거기에 도덕적 잣대를 들이대서 위험한 상황을 만들진 말아야 한다는 거요. 자신이나 다른 누군가를 십자가에 못 박는 대신 엄숙한 마음으로 성배에 따른 포도주를 마시면서 희생의 신비에 대해 명상을 해볼 수 있지. 그런 행위 없이도 존경과 사랑으로 자신의 욕구와 유혹이라 일컫는 것들을 다룰 수 있소. 그러면 욕구와 유혹의 의미가 드러나게 되지. 그것들은 모두 의미를 지니고 있으니까. 다시 한번 무언가 터무니없거나 나쁜 생각이 들거든 싱클레어, 다시 말해 누군가를 죽이고 싶다거나 끔찍한 일을 저지르고 싶거든 잠시 멈추고, 그것은 아브락사스가 당신 안에서 상상을 하는 거라고 생각하시오! 당신이 죽이고 싶은 사람은 결코 아무개 씨가 아니라 위장한 존재일 뿐이오. 만약 우리가 어떤 사람을 미워한다면, 이는 상대의 모습에서 우리 자신 안에 있는 무언가를 보았기 때문이오. 우리 안에 들어 있지 않은 것이 우리를 괴롭히는 법은 없으니까."

피스토리우스의 이야기 중 이처럼 내 안 깊숙이, 은밀한 곳까지 와 닿았던 말은 없었다. 나는 대답할 수 없었다. 가장 충격적이고 의아했던 점은 이 충고가 수년 동안 내 안에 새겨왔던 데미안의 말과 일치한다는 것이었다.

"우리가 보는 것은 우리 안에 있는 것과 같은 것이오." 피스토리우스가 다시 조용히 말을 이었다. "우리가 내면에 지니고 있는 것 외에 다른 현실은 없소. 사람들이 대부분 비현실적으로 살아가는 이유는 겉모습을 현실로 여기면서 내면에 있는 자기만의 세계가 아무 말도 못 하게 만들기 때문이오. 그렇게 사는 것이 행복할 수도 있겠지. 하지만 일단 다른 길에 대해 알고 나면 대다수가 가는 길은 더 이상 선택할 수 없게 되오. 싱클레어, 많은 이들이 가는 길은 쉽지만 우리의 길은 어려워요. 우리 함께 가봅시다."

피스토리우스를 기다리다 두 차례 허탕을 치고 난 며칠 뒤 저녁 무렵, 거리에서 그와 마주쳤다. 피스토리우스는 차가운 밤바람에 떠밀리기라도 하듯 홀로 술에 취해 비틀거리며 골목을 돌아나왔다. 그를 부르고 싶지 않았다. 음악가는 나를 보지 못한 채 스쳐 갔다. 마치 낯선 이의 어두운 외침을 따라가기라도 하듯 고독하고 이글거리는 눈빛으로 앞을 응시하고 있었다. 나는 그를 쫓아 거리를 내려갔다. 피스토리우스는 보이지 않는 줄에 이끌리듯 광적이지만 진이 빠진 걸음걸이로 유령처럼 배회했다. 나는 울적한 기분에 젖어 집으로, 실현되지 않은 내 꿈들로 돌아갔다. '그는 그런 식으로 자기 안의 세계를 새롭게 만드나 보군!' 이런 생각이 듦과 동시에 내 이 생각이 저급하고 도덕적으로 느껴지기도 했다. 그의 꿈에 대해 나는 무엇을 알고 있었나? 어쩌면 내가 겁에 질려 걷는 길보다 피스토리우스가 술에 취해 걷는 길이 더 확실했는지도 모른다.

교실에서 쉬는 시간에 동급생 하나가 이따금 나에게 다가오고 싶어 하는 것을 눈치챘다. 내가 한 번도 주의를 기울이지 않았던 친구였다. 조그맣고 마르고 섬약해 보이는 그 청년은 가늘고 붉은 기가 도는 금발 머리를 갖고 있었고, 눈빛과 행동이 약간 독특했다. 어느 날 저녁 하굣길에 그 동급생이 길에서 나를 기다리며 흘끗거리고 있었다. 내가 지나가도록 가만히 있더니 다시 나를 따라왔다. 기숙사 대문 앞에 이르러 우리 둘은 함께 멈춰 섰다.

"내게 뭐 원하는 거라도 있어?"

내가 먼저 물었다.

"그냥 너와 한번 얘기해 보고 싶었어. 괜찮다면 같이 좀 걷고 싶은데……."

그 애는 떨리는 목소리로 대답했다. 그 아이를 따라가면서 나는 그 애가 매우 들뜨고 기대에 부풀어 있다는 걸 느꼈다. 그의 손이 파르르 떨리고 있었다.

"넌 심령술사니?"

그 애가 불쑥 물었다

"아니, 크나우어."

내가 웃으며 말했다.

"전혀 아니야. 그런데 왜 그렇게 생각하지?"

“그럼 접신론자야?”

“그것도 아닌데.”

“제발, 그렇게 감추지 마! 너한테 뭔가 특별한 점이 있다는 걸 알고 있어. 눈에도 나타나 있지. 영혼과 교류하고 있는 것이 확실해. 호기심에서 묻는 게 아니야, 절대로! 너도 알다시피 나 역시 탐구자이고 외톨이야.”

“얘기해 봐!”

나는 그에게 용기를 북돋아 주었다.

“나는 영혼에 대해선 전혀 모르고 그저 꿈속에 살고 있을 뿐이야. 아마 네가 그걸 느꼈나 봐. 다른 사람들도 꿈속에 살긴 하지만 그들 자신의 꿈은 아니지. 그게 차이점이야.”

“그래, 그럴지도 모르지.”

크나우어가 속삭였다.

“어떤 종류의 꿈속에 사느냐에 따라 다를 거야. 혹시 백마술에 대해 들어봤어?”

나는 모른다고 대답할 수밖에 없었다.

“거기서는 자신을 통제하는 법을 배울 수 있어. 영원히 살 수도 있고, 주술도 걸 수 있지. 그런 연습해 본 적 없어?”

그 방법에 대해 내가 호기심이 생겨서 물어보니 크나우어는 비밀스럽게 감추려다가 내가 발길을 돌리려고 하자 입을 열었다.

"예를 들어 잠들거나 집중하고 싶을 때 나는 그런 방법 중 한 가지를 시도해. 단어나 이름, 기하학적 문양 따위를 생각하는 거야. 그러고 나서 그것을 속으로 최대한 열심히 생각해. 머릿속으로 그것이 느껴질 때까지 상상하지. 그런 다음 그것이 목에 있다고 생각하고 그런 식으로 내가 그것으로 가득 찰 때까지 계속하는 거야. 그러면 나는 아주 단단해져서 더 이상 아무 방해도 받지 않게 돼."

나는 그의 말뜻을 대충 이해했다. 그래도 여전히 크나우어가 하고 싶은 말은 따로 있는 것 같았다. 평소와 달리 흥분해서 서두르고 있었기 때문이다. 나는 그를 편하게 해주려고 애썼다. 오래지 않아 크나우어가 자신의 진짜 관심사를 꺼냈다.

"너도 자제하고 있니?"

크나우어가 머뭇거리며 물었다.

"무슨 말이야? 성욕?"

"응, 맞아. 난 그 방법을 배운 후로 2년째 금욕 생활을 하고 있어. 이전에는 부도덕한 짓을 저질렀지만. 너도 무슨 뜻인지 알 거야. 그러니까 넌 여자랑 함께 있어 본 적이 전혀 없어?"

"응."

내가 대답했다.

"나와 맞는 여자를 찾지 못했어."

“그럼 너와 맞다고 여겨지는 여자를 만나면 같이 잘 거야?”

“그럼, 물론이지. 그 여자만 괜찮다면.”

내가 조롱 섞인 목소리로 대답했다.

“아, 그러면 안 돼! 완벽히 금욕 상태에 머물러야만 내면의 힘을 키울 수 있어. 나는 2년 동안 그런 상태로 지냈지. 2년하고도 한 달이 좀 넘었구나! 얼마나 힘들다고! 때로는 더 이상 견딜 수 없을 것 같기도 해.”

“이봐, 크나우어, 내 생각엔 금욕이 그 정도로 끔찍이 중요한 것 같지는 않아.”

“다들 그렇게 말한다는 건 알아.”

크나우어가 말을 막았다.

“하지만 너는 그러지 않을 줄 알았는데. 숭고한 영혼의 길을 가고자 하는 사람은 순수하게 남아 있어야 해, 반드시!”

“그래, 그럼 그렇게 해! 하지만 난 성욕을 참는 사람이 왜 다른 사람보다 더 ‘순수’한지 모르겠다. 아니, 더 정확히 말하면 너는 모든 생각과 꿈에서도 성욕을 제거할 수 있어?”

내 동급생은 절망에 찬 눈으로 나를 바라보았다.

“아니, 바로 그게 문제야! 젠장, 그래도 우리는 그래야만 해. 밤이면 꿈을 꾸지만 그 내용은 나 자신에게조차 설명할 수 없어! 소름 끼치는 꿈이라고!”

나는 피스토리우스가 해준 말이 생각났다. 하지만 아무리 그의 말이 옳다고 해도 그것을 다른 사람에게 전할 수도 없었고 조언을 해줄 수도 없었다. 그 조언은 내 경험에서 나온 것이 아니었으며 나 자신도 아직 그 조언을 따를 수 없을 것 같았기 때문이다. 나는 그저 가만히 있으면서 누군가 내게 조언을 구하는데 아무 말도 해줄 수 없다는 사실에 부끄러움을 느꼈다.

"모두 해봤어!"

크나우어가 내 옆에서 한탄했다.

"찬물과 눈도 이용해 보고, 체조와 달리기도 해보고, 할 수 있는 건 다 해봤지만 소용없었지. 매일 밤 나는 절대로 생각해선 안 될 꿈을 꾸다 깨어났어. 끔찍한 건, 꿈을 꾸면서 점차 내가 영혼에 대해 배웠던 것들을 도로 잊어버리기 시작했다는 거야. 더 이상 집중하거나 잠들기가 쉽지 않았고, 어떤 때는 밤새 깬 채로 누워 있었지. 이런 식으로는 더 오래 버틸 수가 없어. 하지만 결국 내가 싸움에서 지고 포기해서 순수한 모습을 잃게 된다면, 나는 싸워보지 않은 다른 이들보다 더 나쁜 사람이 되는 거야. 이해할 수 있겠어?"

나는 고개를 끄덕였지만 해줄 말이 없었다. 크나우어가 하는 말이 지루해지기 시작했다. 그의 분명한 고난과 절망을 별로 심각하게 여기지 않는 내가 놀라울 따름이었다. 도와줄 수 없다는 느낌이 전부였다.

"내게 해줄 말 없어?"

지치고 우울해진 크나우어가 마침내 입을 열었다.

"아무것도? 방법이 있을 거 아냐! 너는 어떻게 해?"

"아무 말도 해줄 수 없어, 크나우어. 서로 도울 수 있는 문제가 아니야. 나 역시 누구의 도움도 받지 않았어. 자신에 대해 떠올려 보고 마음속으로 정말 원하는 것을 하면 돼. 다른 것은 없어. 스스로 알아내지 못하면 너는 그 어떤 영혼도 발견할 수 없을 거야."

그 조그마한 녀석은 말을 뚝 끊고 실망한 표정으로 나를 바라보았다. 그러더니 돌연 눈빛이 증오로 이글거렸다. 그리고 내게 인상을 쓰고는 악에 받쳐 소리 질렀다.

"아, 너 정말 훌륭한 성자로구나! 너도 타락했다는 거 알아! 현명한 척하면서 몰래 나나 다른 애들과 마찬가지로 오물에 들러붙어 있지! 너는 돼지야. 나와 같은 돼지라고! 우리 모두 돼지야!"

나는 크나우어를 내버려 둔 채 자리를 떴다. 그 애는 두세 걸음 따라오다가 멈추고는 몸을 돌려 달려갔다. 안쓰러움과 역겨움에 속이 울렁거렸다. 이 느낌은 기숙사로 들어와 조그마한 내 방에 붙여둔 몇몇 그림에 둘러싸인 채 꿈을 향해 맹렬한 기세로 빠져들 때까지 사라지지 않았다. 곧 내 꿈이 다시 찾아와 고향집 대문과 문장, 어머니와 낯선 여인이 나타났다. 여인의 모습이 너무나 또렷해서 나는 그날 밤부터 그 여인을 그리기 시작했다.

의식 없이 꿈에 잠겨 15분 만에 스케치한 그림이 완성되기까지 며칠이 걸렸다. 그날 저녁에 나는 그림을 벽에 걸고 전등을 그 앞으로 가져다 놓았다. 그리고 마치 승부가 결정 날 때까지 씨름해야 할 천사를 마주하듯 그림 앞에 섰다. 그림 속 얼굴은 이전 그림과 비슷했다. 내 친구 데미안과도 닮았으며 나 자신과도 비슷한 구석이 있었다. 한쪽 눈이 다른 쪽에 비해 유난히 높이 있었고, 운명으로 가득 차 무표정하게 굳어 있는 시선은 내 위쪽으로 지나쳐 사라졌다.

그림 앞에 서 있는 나는 내면의 긴장으로 인해 가슴속까지 서늘해지는 느낌이었다. 그림 앞에서 나는 질문하고 비난하고 애무하고 빌었다. 그림을 두고 어머니, 연인, 창녀와 음탕한 여자, 아브락사스라고 부르기도 했다. 그러던 중 피스토리우스에게 들었던 말이 떠올랐다. 아니, 데미안에게 들었던가? 언제 들었는지 정확히 기억할 수는 없지만 그 말이 다시 들리는 것 같았다. 야곱이 하느님의 천사와 씨름을 벌인 이야기 가운데 '내게 축복을 내리지 않으면 당신을 보내주지 않겠다'는 말이 있었다.

불빛에 비친 그림 속 얼굴은 기도할 때마다 바뀌었다. 환하게 빛나다가 검고 어두워졌으며, 죽어 있는 눈 위로 창백한 눈꺼풀을 닫았다가 다시 눈을 떠 불타는 눈길을 보냈다. 여자였다가 남자였다가 소녀이기도 했다. 어린아이와 짐승의 모습도 있었고 얼룩처럼 흐릿해졌다가 다시 크고 뚜렷해졌다. 결국 나는 내면의 강한 명령에 따라 눈을 감고 마음속으로 그림을 보았다. 그림은 더욱 튼튼하고 강해져 있었다. 나는 그 앞에 무릎 꿇고 싶었지만 그림이 내 안을 너무 많이 차지해 버려 그림과 나 자신을 분간할 수 없었다. 마치 그림이 온전히 내가 된 것 같았다.

그때 나는 봄 폭풍이 몰려오듯 어둡고 묵직하게 으르렁대는 소리를 들었다. 두려움과 체험이 함께 빚어낸 형언할 수 없이 새로운 느낌에 몸을 떨었다. 별들이 내 앞에서 반짝 빛나고는 소멸했다. 잊고 있었던 어린 시절의 맨 처음 기억과 그보다 더 멀리, 존재하기 이전과 진화의 초기 단계로까지 거슬러 올라간 기억이 휘몰아치듯 지나갔다. 내 삶 전체를 가장 은밀한 부분까지 반복하는 듯 보이는 그 기억들은 어제와 오늘로 그치지 않았다. 계속 나아가서 미래를 반영했으며, 나를 현재에서 떼어내 삶의 새로운 형태 안으로 들여보냈다. 그 새로운 삶의 형태는 엄청나게 밝고 눈부셨지만 나중에는 아무것도 제대로 기억할 수 없었다.

밤중에 깊은 잠에서 깨어나 옷을 입은 채 침대에 모로 누워 있었다. 불을 켜면서 기억해 내야 할 중요한 게 있다고 느꼈지만, 지난 몇 시간 동안 무슨 생각을 했는지 도무지 알 수 없었다. 불을 켜고 나자 기억이 점차 돌아왔다. 나는 그림을 찾아보았다. 그림은 벽에도 걸려 있지 않았고 책상 위에도 없었다. 그 순간 내가 그림을 태워버리던 기억이 어렴풋이 떠올랐다. 아니면 그림을 손에 들고 태워서 그 재를 삼켜버린 것은 꿈에서였나?

 큰 불안이 엄습했다. 나는 모자를 쓰고 강박에 짓눌린 듯 기숙사 밖 골목으로 나섰다. 태풍에 떠밀려 다니는 사람처럼 거리와 광장을 뛰어다녔다. 어둑한 친구의 교회 앞에 멈춰 귀를 기울였고, 어두운 욕망에 이끌려 뭔지도 모르는 것을 찾고 또 찾았다. 사창가가 있는 변두리 지역도 걸어 다녔다. 그곳에는 아직 여기저기 불이 켜져 있었다. 더 외곽으로 벗어나니 군데군데 잿빛 눈이 쌓인 새 건물과 벽돌 더미가 나타났다. 이상한 충동에 지배당한 채 몽유병자처럼 그 황량한 지역을 돌아다녔다. 그러다 보니 나를 괴롭히던 크로머가 처음으로 내 돈을 뜯어 갔던 고향 마을의 공사장이 떠올랐다. 컴컴한 밤에 그때와 비슷한 건물이 여기 내 앞에 서서 문이 들어설 검은 구멍을 쩍 벌리고 있었다. 구멍은 나를 끌어들였다. 나는 비켜서려다 모래와 자갈 위로 자빠졌다. 하지만 끌어들이는 구멍의 힘이 너무 세서 그 안으로 들어가고야 말았다.

판자와 깨진 벽돌을 밟고 휘청거리면서 황량한 공간으로 들어서니, 축축한 냉기와 돌 냄새가 희미하게 퍼져 있었다. 모래 더미와 밝은 회색 얼룩을 제외하고는 모든 것이 어두웠다.

그때 겁에 질린 목소리가 외쳤다.

"맙소사, 싱클레어! 어디서 오는 거야?"

어둠 속에서 웬 사람이 내 옆에서 벌떡 일어섰다. 유령처럼 작고 마른 남자였다. 나는 머리가 쭈뼛 섰지만 그 남자가 동급생 크나우어라는 걸 알아차렸다.

"어떻게 여기까지 온 거야? 어떻게 날 찾아냈지?"

크나우어는 흥분해서 정신없이 물었다. 나는 이해가 가질 않았다.

"널 찾으러 온 게 아니야."

나는 멍한 목소리로 대답했다. 꽁꽁 얼어붙은 듯 생기 없고 묵직한 입술에서 한 마디 한 마디가 간신히 흘러나왔다. 크나우어가 나를 뚫어지게 바라보았다.

"찾지 않았다고?"

"응. 무언가가 나를 이리로 이끌었어. 네가 나를 불렀니? 네가 불렀나 보구나. 대체 여기서 뭐 하는 거야? 그것도 밤중에."

크나우어가 가느다란 팔로 세차게 나를 붙들며 말했다.

"그래, 밤이지. 곧 아침이 될 테고. 오, 싱클레어, 네가 날 잊지 않았구나! 날 용서해 주겠니?"

"대체 뭘?"

"내가 너한테 불쾌하게 굴었잖아!"

그제야 우리의 대화가 기억났다. 네댓새 전이었나? 그 이후의 삶은 다 지나가 버린 것 같았다. 하지만 이제 갑자기 모든 것을 깨달았다. 우리 사이에 일어났던 일뿐만 아니라 내가 왜 여기로 왔고, 크나우어가 이 시 외곽에서 무엇을 하려 했는지도.

"자살하고 싶었던 거지, 크나우어?"

크나우어는 추위와 두려움으로 떨고 있었다.

"응, 그러고 싶었어. 정말 죽을 수 있었을지는 모르겠어. 아침까지 기다려 보던 중이었지."

나는 크나우어를 공터로 데려갔다. 지평선 위의 첫 새벽빛이 잿빛 대기 속에서 극도로 차갑고 생기 없이 희미하게 비치고 있었다. 나는 그의 팔을 잡고 잠시 걸었다. 그리고 말했다.

"이제 집으로 가. 누구에게든 아무 말도 하지 말고! 넌 잘못된 길로 들어섰던 거야, 잘못된 길! 우리는 네가 생각하는 것처럼 돼지가 아니야. 인간이라고. 우리가 신들을 만들어 내서 그들과 씨름을 벌이면 신들은 우리를 축복 해주지."

우리는 말없이 계속 함께 걸었다. 기숙사에 돌아왔을 때는 날이 밝아 있었다.

그 시절 성 ○○시에서의 나머지 기간 중 제일 좋았던 것은 오르간이나 난롯불 앞에서 피스토리우스와 함께 보낸 시간들이었다. 우리는 그리스어로 쓰인 아브락사스에 관한 글을 같이 읽었다. 그는 베다(고대 브라만교 경전)의 번역본에서 발췌한 구절들을 내게 읽어주었고, 성스러운 '옴(Om)' 소리를 내는 법도 가르쳐주었다. 그렇지만 나의 내면을 키워준 자양분은 이런 박식함이 아니라 오히려 그 반대였다. 자아를 찾아 좀 더 전진하고, 나의 꿈과 생각, 직관을 더 강하게 확신하고, 내면의 힘에 대해 한층 폭넓게 인식하게 되면서 나는 더욱 성장할 수 있었다.

피스토리우스와 나는 모든 면에서 서로를 이해했다. 생각을 집중하기만 하면 그가, 또는 그가 보낸 소식이 내게로 온다고 확신할 수 있었다. 데미안과 마찬가지로 함께 있지 않아도 나는 피스토리우스에게 무엇이든 물어볼 수 있었다. 그를 마음속에 확실히 상상한 다음 정신을 강하게 집중해서 질문하기만 하면 됐다. 그러면 질문에 쏟아부은 내 영혼의 힘이 모두 답이 되어 돌아왔다. 다만 내가 상상하는 것은 피스토리우스나 데미안이라는 인물이 아니라 꿈을 꾼 뒤 그렸던 영상, 내가 데몬이라고 부를 수밖에 없는 남자이면서 여자인 꿈속 영상이었다. 그것은 이제 더 이상 내 꿈속에만 살거나 종이 위에만 그려져 있지 않았다. 그 대신 나 자신이 소망하는 모습이자 나 자신을 고양시키는 모습으로 내 안에 머물러 있었다.

 자살 미수로 인해 맺어진 크나우어와의 인연은 기이하면서도 때로는 우스웠다. 내가 그에게 보내졌던 그날 밤 이후 크나우어는 충직한 하인이나 개처럼 내게 바싹 붙어 다녔다. 내 삶에 자신의 삶을 엮으려 하며 내 말에 무조건 복종했다. 놀라운 질문과 소망 들을 내게 말했고, 영혼이 보고 싶다거나 카발라를 배우고 싶다고도 했다. 그런 것들을 전혀 모른다고 해도 크나우어는 내 말을 믿으려 들지 않았다. 그 애는 내게 막강한 힘이 있다고 여겼다. 하지만 신기하게도 크나우어가 가끔 묻는 놀랍고도 엉뚱한 질문들이 내 안에 있는 수수께끼의 매듭을 풀어주기도 했다. 그의 기발한 생각과 관심사가 수수께끼를 풀기 위한 핵심 단어와 실마리를 제공해 주는 것이다. 귀찮아서 명령하듯 쫓아버린 적도 있었다. 그렇긴 해도 크나우어 역시 내게로 보내졌다는 걸 느꼈다. 내가 그에게 주었던 것이 그에게서 두 배로 커져 내게 돌아왔으며, 그도 나에게 있어 인도자 혹은 길이라는 느낌이 들었다. 크나우어가 구원을 찾았다며 가져오는 터무니없는 책이나 이런저런 글에서 나는 당장에 깨달을 수 있었던 것보다 더 많은 가르침을 얻었다.

 이후에 이 크나우어라는 친구는 내가 느끼지 못하는 사이에 내 길에서 사라졌다. 그와는 논쟁이 필요치 않았다. 하지만 피스토리우스는 달랐다. 성 ○○시에서 보낸 학창 시절이 끝날 무렵 나는 이 친구와 또 한 번 이상한 체험을 했다.

악의 없는 사람들조차 살면서 한 번 이상은 존경과 감사라는 아름다운 미덕과 갈등을 겪지 않을 수 없다. 어느 시점이 되면 우리는 모두 발걸음을 떼어 아버지와 선생님으로부터 독립해야 한다. 우리는 모두 잔인한 고독에서 무언가를 느껴야 하지만, 사람들은 대부분 고독을 제대로 견디지 못하고 곧 다시 기어 돌아온다. 부모님과 그들의 세계, 내 아름다운 어린 시절의 '밝은 세계'로부터 나는 격하게 몸부림치며 떨어져 나온 것이 아니라 천천히, 거의 깨닫지 못하는 사이에 멀어지고 낯설어졌다. 고향을 방문해서 불쾌하게 지낼 때가 많아져 아쉽기는 했지만 가슴 아플 정도는 아니었고 그럭저럭 견딜 만했다.

그러나 관습에 따라서가 아니라 스스로 원해서 사랑과 존경을 주었던 곳, 진심으로 동료이자 친구가 되었던 그곳에서, 우리 안의 주도적 흐름이 이 사랑스러운 이들에게서 떨어져 나오려 함을, 그럴 수밖에 없다는 것을 갑자기 깨닫게 된다면 참혹하고 무시무시함을 느끼기 마련이다. 그때 친구와 선생님을 거부하는 모든 생각은 우리 자신의 심장에 독화살을 겨누고, 방어하기 위해 가한 모든 타격은 자신의 얼굴을 때리고 만다. 그럴 때 자신 안에 건전한 도덕을 지녔다고 여기는 사람은 '배반'과 '배은

망덕'이라는 수치스러운 야유와 오명이 꼬리표처럼 달리게 된다. 놀라고 겁에 질린 채 그는 어린 시절의 미덕이 자리한 아름다운 계곡으로 도망치려 한다. 그리고 이런 불화가 생길 수 있다는 걸, 이런 관계가 끊어질 수도 있다는 걸 믿을 수 없어 한다.

시간이 흐르면서 내 친구 피스토리우스를 무조건적인 인도자로 여기는 것에 대해 내 안에 반감이 일기 시작했다. 청년기에서 가장 중요한 몇 개월 동안 내가 체험한 것은 그와의 우정, 그의 조언과 위로, 그와 함께하며 느낀 친밀감이었다. 신은 피스토리우스를 통해 내게 말했다. 내 꿈들은 그의 입에서 나와 나에게로 되돌아오며 뚜렷하고 명확해졌다. 그는 나 스스로에 대한 신념을 심어주었다. 아, 그런데 지금 나는 피스토리우스에 대한 반감이 천천히 일고 있는 것을 느낀다. 그의 말에는 지나치게 많은 교훈이 담겨 있었고, 그가 완벽히 이해하는 것은 나의 일부분일 뿐이라는 생각이 들었다.

우리 사이에는 아무 일도, 아무런 논쟁도, 불화나 금전 문제도 전혀 없었다. 나는 그저 악의 없이 단 한 마디를 던졌을 뿐이었다. 그런데 바로 그 순간에 우리 사이의 환상이 오색찬란한 조각들로 산산이 부서지고 말았다.

이미 얼마 전부터 그런 예감에 짓눌려 지내던 중 어느 일요일 그의 낡은 서재에서 예감은 뚜렷한 감정으로 드러났다. 우리는 불 앞 바닥에 엎드려 있었다. 피스토리우스는 자신이 공부하고 있는 신비 의식과 종교의 형태에 관해 이야기하며 그것들의 가능한 미래를 그려보는 일에 몰두해 있었다. 하지만 그 모든 것이 내게는 궁금하고 흥미롭기만 할 뿐 중요해 보이지는 않았다. 박식함을 자랑하며 지나간 세계가 남긴 폐허를 지루하게 뒤지고 있는 것만 같았다. 그러면서 문득 신비주의의 추종이니, 전통적 종교 형태로 모자이크 맞추기니 하는 말들에 온통 반감이 생겨났다.

"피스토리우스."

나는 불쑥 입을 열었는데, 나 자신도 놀라고 당황할 만큼 적의가 드러나 있었다.

"언젠가 내게 다시 꿈 이야기를 해주겠다고 했죠? 당신이 밤에 꾸는 진짜 꿈 말이에요. 지금 당신이 하는 말은 지긋지긋한 구닥다리 같아요!"

피스토리우스는 지금껏 내가 그런 식으로 말하는 것을 한 번도 들어보지 못했다. 그 순간 부끄러움과 공포가 번개처럼 스쳐 가며 나는 깨달았다. 내가 쏜 화살, 그의 심장을 명중시킨 그 화살은 바로 피스토리우스 자신의 무기고에서 나온 것이라는 걸. 내 친구가 간혹가다 빈정대며 표출했던 자책을 사악하게도 이제 내가 더욱 날카로운 형태로 그를 향해 던졌던 것이다.

피스토리우스는 즉시 그것을 느끼고 곧 조용해졌다. 나는 속으로 두려워하며 바라보았다. 그의 낯빛은 무섭도록 창백해졌다. 한참 동안 침묵하고 나서 피스토리우스는 새로운 땔감을 불 위에 놓은 뒤 나직이 말했다.

"잘 봤소, 싱클레어. 당신은 영리한 사람이니까. 구닥다리 같은 얘기는 그만할게요."

피스토리우스는 차분하게 말했다. 그러나 나는 그 말에서 상처의 고통을 고스란히 느꼈다. 내가 무슨 짓을 한 것인가!

눈물이 날 뻔했다. 나는 피스토리우스를 다정하게 돌아보며 용서를 구하고 싶었다. 사랑하고 고마워하고 있다는 걸 확인시켜 주고 싶었다. 위로의 말이 떠올랐다. 하지만 말할 수 없었다. 그대로 엎드린 채 나는 불을 바라보며 가만히 있었다. 그 역시 말이 없었다. 우리는 그렇게 누워 있었다. 어느덧 불길이 다 타올라 사그라졌다. 불꽃이 희미해질 때마다 나는 무언가 아름답고 친밀한 것이 소멸해서 날아가 버렸다는 걸, 다시는 돌아올 수 없으리라는 걸 느꼈다.

"저를 오해했을까 봐 걱정됩니다."

결국 그 상황을 견디지 못한 내가 건조하고 거친 목소리로 말했다. 어리석고 무의미한 말이 마치 신문 연재소설을 읽듯 기계적으로 나왔다.

"정확히 이해했어."

피스토리우스가 부드럽게 말했다.

"당신이 옳아요."

그는 잠시 기다리고는 천천히 말을 이었다.

"한 인간이 다른 인간에 관해 옳을 수 있는 한에서 말이오."

'아니, 아니에요.' 나는 속으로 외쳤다. '내가 틀려요!' 하지만 아무 말도 뱉을 수 없었다. 나는 단순한 한마디 말로 그의 본질적 약점과 고통, 상처를 들추었다는 것을 깨달았다. 피스토리우스가 스스로 미덥지 않아 하는 부분을 내가 건드린 것이다. 이 남자의 이상은 '구닥다리' 같았고 그는 과거를 향한 탐구자였으며 몽상가였다. 그리고 불현듯 피스토리우스가 내게 어떤 존재였든, 무엇을 주었든 간에 그 자신은 그렇게 되지도, 그것을 가질 수도 없었을 거라는 느낌이 강렬히 들었다. 피스토리우스는 나를 길 위로 이끌어 주었다. 그 길이, 내가 인도자인 그를 뒤에 남겨두고 떠나게 될 길임을 알면서도 말이다.

어떻게 그런 말이 나온 건지! 나는 나쁜 의도로 그런 것이 절대 아니었다. 내 말이 어떤 화를 일으킬지 예상조차 못 했다. 내가 말해놓고도 말하는 순간에는 나 자신도 전혀 몰랐다. 뭔가 약간 재치 있고 짓궂은 생각에 빠졌었는데 그것이 운명이 되었다. 내가 무심코 저지른 사소한 만행이 그에게는 심판이 되었다.

아, 차라리 화내고 변명하며 내게 고함이라도 치기를 얼마나 바랐던가! 그가 그렇게 하지 않았으므로 나는 그 모든 것을 속으로 직접 할 수밖에 없었다. 할 수만 있었다면 그는 미소 지었을 텐데, 그러지 않는 것만 봐도 내가 얼마나 깊은 상처를 입혔는지 알 수 있었다.

피스토리우스는 뻔뻔하고 배은망덕한 제자인 나의 공격을 조용히 받아들이고, 묵묵히 내가 옳았다고 인정하며 내 말을 운명으로 받아들임으로써 내가 나를 미워하게 만들었고, 내 경솔함이 천배는 더 커 보이게 만들었다. 공격할 때 나는 강하고 철저히 무장된 사람을 쳤다고 생각했다. 그런데 이제 보니 상대는 얌전하고 연약한 인간, 말없이 순종하는 무방비 상태의 인간이었다.

우리는 꺼져가는 불 앞에 계속 엎드려 있었다. 불 속에서 빛나고 있는 모든 형상과 타올라 재가 되어버린 나무들이 행복하고 풍성하고 아름다웠던 시간을 상기시키는 한편, 피스토리우스에게 진 빚을 갚아야 한다는 생각을 점점 크게 쌓아 올렸다. 더는 견딜 수가 없었다. 결국 나는 일어나서 떠났다. 혹시 그가 따라오지는 않을까 머뭇대며 방문 앞에서 한참, 어두운 계단에서 한참, 집을 나와 바깥에서도 한참을 서 있었다. 그러고는 계속 걸었다. 시내와 교외, 공원과 숲을 저녁이 될 때까지 몇 시간이고 헤매 다녔다. 그리고 그때 처음으로 내 이마에서 카인의 표식을 느꼈다.

무슨 일이 있었는지 천천히 기억났다. 생각 속에서 나는 자신을 질타하고 피스토리우스를 변호하려고 마음먹었지만 결론은 그와 정반대였다. 내 경솔한 말을 후회하고 취소하겠다고 천 번이나 다짐했지만 그래도 여전히 그 말은 진실이었다. 이제야 나는 피스토리우스를 이해하고 그의 모든 꿈을 내 앞에 세워볼 수 있었다. 그 꿈은 성직자가 되고, 새로운 종교를 선포하며, 찬양과 사랑, 숭배에 새로운 형식을 부여하고, 새로운 상징을 창조해 내는 것이었다. 하지만 이것은 그의 힘으로 이룰 수 있는 것도 아니고, 그의 과제도 아니었다. 피스토리우스는 과거에 머무는 데 너무 열중했고, 예전에 일어났던 일을 너무 정확히 알았으며, 이집트와 인도, 미트라와 아브락사스에 대해 너무 많이 알았다. 그의 사랑은 세상이 이미 보았던 영상에 묶여 있었지만, 그러면서 속으로는 그도 새로운 것은 진짜 새롭고 달라야 하고, 박물관과 도서관이 아닌 신선한 토양에서 창조되어야 한다는 것을 알고 있었다. 그의 과제는 내게 했던 것처럼 사람들이 자신의 본모습을 찾도록 이끌어 주는 일이었는지 모른다. 사람들에게 엄청난 것, 새로운 신들을 전하는 일은 피스토리우스의 과제가 아니었다.

그리고 이 부분에서 갑작스러운 깨달음이 예리한 불꽃처럼 내 안에 타올랐다. 누구에게나 '과제'가 있지만 그 과제는 스스로 선택할 수도, 맘대로 결정해서 행할 수도 없다는 것이었다. 새로운 신들을 원하는 것도 잘못이었고, 세상에 무언가를 전하고 싶다는 생각도 완전히 잘못됐다! 깨우침을 얻은 인간에게 의무란 자기 본연의 모습을 찾아, 확신을 하고 자신의 길이 이끄는 곳이면 어디든 그 길을 따라 앞으로 더듬어 나아가는 것뿐, 그 외에 다른 의무는 절대, 절대, 절대로 없었다. 그 깨달음은 나를 깊이 뒤흔들었다. 그것이 이 체험을 통해 내가 얻은 결실이기도 했다. 가끔 나는 미래를 상상하며 놀았고, 내가 맡게 될지도 모를 역할들을 꿈꾸었다. 그것은 시인이나 예언자일 수도 있고, 화가나 다른 어떤 역할일 수도 있었다. 모두 다 무의미했다. 나는 시를 쓰려고, 설교를 하려고, 그림을 그리려고 존재하는 것이 아니었다. 다른 사람들도 마찬가지였다. 그 모든 것은 부수적 문제에 불과했다. 모든 이에게 진정한 소명은 자신을 찾아가는 일 하나뿐이었다. 어떤 이가 결국 시인이나 광인, 예언자나 범죄자가 되더라도 그가 상관할 바는 아니었다. 어차피 끝에 가서는 아무 의미도 없었다. 그가 관심을 둬야 할 일은 닥치는 대로 사는 것이 아니라 자신만의 운명을 찾는 것, 그 운명을 모두 온전히 살아내는 것이었다. 다른 모든 것은 미완성, 현실도피, 대중

적 이상 속으로의 도주였고, 순응이었으며, 자기 내면에 대한 두려움이었다. 새로운 영상이 내 앞에 무섭고도 성스럽게 떠올라 수없이 어른거렸다. 어쩌면 이미 여러 차례 표현되었으나 이제야 내가 체험하는 것일 수도 있었다. 나는 자연에 의해 미지의 세계, 어쩌면 새로운 세계나 무의 세계 속으로 던져진 존재였다. 이처럼 원시의 깊은 곳으로부터 던져졌다는 사실을 충분히 이해하고, 내 안에 그 의지를 느끼고, 그것을 완전히 내 의지로 삼는 것, 그것만이 내 소명이었다. 그것만이!

나는 이미 고독을 많이 맛보았다. 이제 고독은 더욱 깊어졌고 거기서 벗어날 수 없을 것 같았다.

나는 피스토리우스와 화해하려 하지 않았다. 우리는 여전히 친구였지만 관계는 변해 있었다. 단 한 번 이에 대해 얘기를 나눈 적이 있었다. 사실 얘기한 사람은 피스토리우스 혼자였다. 그는 말했다.

"당신도 알다시피 내 소원은 성직자가 되는 거요. 무엇보다 우리가 수없이 직감했던 그 새로운 종교의 성직자가 되고 싶었소. 하지만 난 그럴 수 없을 거요. 알고 있었어. 완전히 인정하지는 않았지만 오래전부터 말이지. 내게는 오르간으로든 다른 방법으로든 수행해야 할 성직자의 의무가 있소. 하지만 언제나 오르간 음악과 신비주의, 상징과 신화처럼 내가 아름답고 성스럽게 여기는 것이 주변에 있어야만 하오. 나는 그것이 필요하고 포기하지도 않을 거요. 이 점이 바로 나의 약점이라오. 자주 깨달아요, 싱클레어. 그런 소원을 품어선 안 되고, 그런 소원은 사치이자 약점이란 것을. 아무것도 바라지 않고 그저 운명이 시키는 대로 따르는 것이 더 훌륭하고 옳은 일이겠지. 하지만 나는 그럴 수 없소. 그것이 내가 할 수 없는 유일한 일이오. 어쩌면 당신은 언젠가 그렇게 할 수 있을지 모르지만 어려워, 유독 어려운 일이지, 젊은 친구. 그렇게 하는 꿈을 가끔 꾸었지만 그래도 난 할 수 없소. 생각만 해도 몸이 떨려요. 그렇게 완전히 벌거벗은 채 고독하게 서 있을 수 없어요. 나 역시 따뜻함과 음식이 필요하고, 자기와 같은 부류와 친밀하게 교류하고 싶은 불쌍하고 허약한 개에 지나지 않소. 정말로 자기 운명 외에 아무것도 원하지 않는 사람은 더 이상 어울릴 사람도 없이 완전히 혼자 남아 차가운 우주로만 둘러싸이게 돼요. 그것이 바로 겟세마네 동산의 예수지. 십자가에 기꺼이 못 박힌 순교자들이 있었지만 그들은 영웅도 아니었고 자유로워지지도 못했소. 그들도 자신들에게 익숙하고 편안한 것을 원했고, 본보기로 삼는 대상을 가졌으며, 이상을 품고 있었던 거요. 오로지 운명만을 원하는 사람에게는 본보기로 삼을 대상도 이상도 더는 없고 사랑과 편안함도 없어요! 그것이 실제로 우리가 가야 하는 길이지. 나나 당신 같은 사람들은 아주 고독하지만, 그래도 서로 의지하며 보통 사람과 다르며 반항적이고 특별한 것을 원한다는 것에 은밀한 만족을 느껴요. 하지만 누군가 그 길을 끝까지 가고 싶다면 그런 것조차 떨쳐버려야 하겠지. 그는 혁명가나 본받을 대상, 순교자가 되려고 해서도 안 돼요. 상상하기도 힘든 일이오."

그렇다. 그것은 상상하기 힘들었다. 하지만 꿈꾸고 예감하고 감지할 수는 있었다. 몇 번인가 완전한 고독에 잠겼을 때 그와 같은 것을 느꼈다. 그러면 나는 자신 속을 들여다보며 눈을 활짝 뜨고 내 운명의 모습을 바라보았다. 눈에는 지혜 혹은 광기가 가득 들어 있었고, 사랑이 빛나거나 사악함이 번득였으며 그것은 모두 하나였다. 그중 어느 것을 선택해서도, 원해서도 안 되었다. 오직 자기 자신, 자신의 운명만이 허락되었다. 피스토리우스는 인도자로서 거기까지 나를 이끌어 주었다.

그 무렵 나는 앞이 안 보이는 듯 이리저리 헤매 다녔다. 내 안에 폭풍이 휘몰아쳤으며 내디딘 걸음은 모두 위태로웠다. 내 앞에는 끝을 알 수 없는 어둠뿐이었고, 지금까지 걸어온 모든 길이 그리로 이어져 사라졌다. 내 안에서 나는 인도자의 영상을 보았다. 그는 데미안과 똑같이 생겼고 눈 속에 내 운명을 담고 있었다.

나는 종이 위에 다음과 같이 썼다.

인도자가 나를 떠났어. 나는 완전한 암흑 속에 서 있어. 혼자서
는 단 한 걸음도 옮길 수가 없어. 도와줘!

이것을 데미안에게 보내고 싶었다. 하지만 그러지 않았다. 그러
고 싶을 때마다 어리석고 무의미한 행동처럼 보였기 때문이다.
대신에 나는 그 작은 기도문을 외워두고 자주 속으로 되뇌었다.
그 기도는 매 순간 나와 함께했다. 나는 기도가 무엇인지 깨닫기
시작했다.

내 학창 시절은 끝났다. 방학 동안 아버지가 계획해 놓은 여행
을 갔다 오고 나면 대학에 진학해야 했다. 어떤 학과로 가야 할
지 아직 몰랐다. 한 학기 동안 철학 강의를 듣기로 했다. 아마
다른 어떤 학과라도 나는 똑같이 만족했을 것이다.

에바 부인

방학 중에 막스 데미안이 몇 년 전까지 어머니와 함께 살았던 집을 한번 가보았다. 한 노부인이 정원에서 산책을 하고 있었다. 말을 걸어 보니 집주인이었다. 데미안 가족에 대해 물어보니 노부인은 그들을 잘 기억하고 있었다. 하지만 지금 어디에 사는지는 몰랐다. 노부인은 내가 궁금해한다는 것을 알아채고는 나를 집 안으로 데려가 가죽 앨범을 꺼내 데미안의 어머니 사진을 보여주었다. 나는 데미안의 어머니에 대한 기억이 거의 없었다. 하지만 그 작은 사진을 본 순간 심장이 멎는 줄 알았다. 바로 내 꿈속 영상이 아닌가! 그것은 그녀, 즉 아들과 비슷해서 남자처럼 보이기도 하는 키가 큰 여인이었다. 모성애와 엄격함, 깊은 열정을 지녔고 아름답고 매혹적인, 아름답긴 해도 다가갈 수 없는 존재였으며, 데몬이자 어머니, 운명이자 연인이었다. 틀림없이 그녀였다!

내 꿈속 영상이 세상에 살아 있다는 사실을 알게 된 것이 내게 기적이 아니고 무엇이겠는가! 그런 모습을 한, 내 운명의 특성을 지닌 여인이 있었다! 어디에 있을까? 어디에? 그 여인이 데미안의 어머니였다니!

곧이어 나는 여행을 떠났다. 이상한 여행도 다 있지! 쉼 없이 이곳저곳을 다니며 나는 충동적으로 항상 그 여인을 찾고 있었다. 단순히 마주치는 사람마다 그녀를 떠올렸고, 음성이 울리는 듯했고, 그녀를 닮은 것 같기도 했다. 그래서 어떤 날은 마치 복잡한 꿈속에 있는 것처럼 낯선 도시의 거리와 기차역, 열차 안으로 이끌려 들어갔다. 반면에 그렇게 찾아 헤매는 일이 소용없게 느껴지는 날들도 있었다. 그러면 아무 일도 안 하고 공원이나 호텔 정원, 대기실 같은 곳에 앉아서 내 안을 들여다보며 거기 있는 영상을 살아나게 하려고 시도해 보았다. 하지만 그 영상은 이제 부끄러워하며 도망쳐 버렸다. 나는 도무지 잠을 이룰 수 없었다. 열차 안에서 낯선 풍경을 지나치며 15분 정도 꾸벅거리는 것이 전부였다. 한번은 취리히에서 예쁘고 도도해 보이는 여인이 내 뒤를 따라오고 있었다. 나는 그 여인을 공기 취급하며 돌아보지 않고 계속 걸었다. 단 한 시간 동안이라도 다른 여인에게 관심을 둘 바엔 차라리 그 자리에서 죽는 게 나았다.

 내 운명이 나를 끌어당기는 것이 느껴졌다. 이제 그 실현이 다가오고 있다고 느끼면서도 그것을 위해 아무것도 할 수 없어 답답해 미칠 지경이었다. 아마 인스브르크 기차역에서였을 것이다. 막 떠나는 기차의 창문에서 그녀를 연상시키는 모습을 본 나는 이후 며칠간을 실의에 빠져 지냈다. 그러던 어느 날 밤 갑자기 그 모습이 다시 꿈에 나타났다. 나는 내 수색이 쓸데없는 짓이었다는 사실에 창피하고 허탈한 기분을 느끼며 잠에서 깨어났다. 그리고 다음 기차를 타고 곧장 집으로 돌아왔다.

몇 주 후 H 대학에 입학했다. 모든 것이 실망스러웠다. 내가 듣는 철학사 강의는 젊은 학생들이 떨어대는 야단법석만큼이나 평범하고 진부했다. 모든 것은 오래된 양식에 따랐고, 누구나 다른 사람이 하는 대로 했으며, 아직 소년티가 남은 얼굴들에 담긴 과도한 유쾌함은 슬픔이 묻어날 정도로 공허해서 마치 기성품처럼 보였다. 하지만 나는 자유로웠고, 내 하루는 온통 내 차지였다. 성벽 근처의 낡은 집에서 조용하고 평화롭게 지냈으며 책상에는 니체의 책 몇 권을 올려두었다. 나는 니체와 함께 살면서 그 영혼에 깃든 고독을 느꼈고, 그를 냉혹하게 따라다녔던 운명을 감지했다. 니체와 함께 괴로워하며 그토록 집요하게 자신의 운명을 따랐던 사람이 있었다는 사실에 기뻐했다.

어느 날 밤늦게까지 불어오는 가을바람을 맞으며 도시를 쏘다니다가 술집에서 들려오는 학생들의 노랫소리를 들었다. 열린 창문으로 담배 연기가 구름처럼 밀려 나왔다. 풍성한 노랫소리는 크고 흥겨우면서도 단조롭고 밋밋했다.

나는 길모퉁이에 서서 귀를 기울였다. 술집 두 곳에서 때를 어기지 않고 단련된 젊음의 쾌활함이 떠들썩하게 밤공기 속으로 울려 퍼졌다. 도처에 모임과 집회가 있었고, 어디나 운명을 내려놓은 채 군중 곁의 따뜻한 온기 속으로 도망치는 모습뿐이었다!

내 뒤로 남자 둘이 천천히 지나갔다. 그들의 대화가 조금 들렸다.

"흑인 동네의 젊은이들이 사는 집과 똑같지 않아요?"
한 사람이 말했다.

"모든 것이 딱 들어맞습니다. 심지어 문신도 유행이지요. 보세요, 저것이 젊은 유럽의 모습입니다."

그 목소리는 이상하게도 훈계하는 것처럼 들렸으며 귀에 익은 소리였다. 나는 어두운 골목으로 두 사람을 따라갔다. 한 명은 작고 우아하게 생긴 일본인이었다. 미소 띤 그의 누런 얼굴이 가로등 아래에서 빛났다.

그때 다른 한 명이 다시 말을 이었다.

"지금 당신네 일본도 사정이 더 낫지는 않을 겁니다. 무리를 따르지 않는 사람들은 어디에서나 찾기 힘들죠. 여기도 조금 있긴 해요."

모든 말이 내 귀에 꽂힐 때마다 기쁨과 충격을 느꼈다. 말하는 사람은 내가 아는 이였다. 바로 데미안이었다.

그 바람 부는 밤에 나는 어두운 골목으로 데미안과 일본인을 따라가며 그들의 대화를 경청했다. 데미안의 목소리를 듣게 되어 기뻤다. 목소리에는 예전 어조 그대로 지혜롭고 아름다운 확신과 차분함이 배어 있었고 나를 압도하는 힘이 있었다. 이제 모든 것이 잘되었다. 데미안을 찾았으니까.

시 외곽 거리의 끝에서 일본인이 작별 인사를 하고 현관문을 열었다. 데미안은 뒤돌아 걸어 나왔다. 나는 길 한복판에 멈춰서서 기다리며 두근대는 가슴으로 맞은편에서 다가오는 그를 보았다. 데미안은 곧은 자세로 경쾌하게 걸었다. 갈색 비옷을 입었으며 팔에는 얇은 지팡이가 걸려 있었다. 변함없는 발걸음으로 내 앞에 바짝 다가오더니 모자를 벗고 단호한 입매와 이상할 정도로 환한 이마를 지닌 예전 그대로의 밝은 얼굴을 드러냈다.

"데미안!"

내가 외쳤다. 데미안은 내게 손을 내밀었다.

"너구나, 싱클레어! 기다리고 있었어."

"내가 여기 있다는 걸 알고 있었단 말이야?"

"확실히는 몰랐지만 그러기를 바란 것은 맞아. 오늘 밤에야 너를 보았구나. 너는 내내 우리를 따라다녔지."

"그럼 나를 바로 알아본 거야?"

"물론이지. 좀 변하긴 했네. 하지만 넌 표식을 지니고 있잖아."

"표식? 어떤 표식?"

"기억할지 모르겠지만 예전에 우리가 카인의 표식이라고 불렀던 거야. 그것이 우리의 표식이지. 너는 항상 그것을 지니고 있었어. 그것이 내가 네 친구가 된 이유이기도 해. 그런데 이제 표식이 더 분명해졌구나."

"난 몰랐어. 아니 어쩌면 알고 있었는지도 몰라. 한번은 너를 그렸는데 그 모습이 나하고도 닮아 있어서 깜짝 놀랐지. 그것이 표식이었을까?"

"맞아. 네가 여기 있으니 좋다! 어머니도 기뻐하실 거야."

나는 그 말에 흠칫했다.

"네 어머니? 여기 계셔? 나에 대해 전혀 모르실 텐데……."

"아, 알고 계셔. 네가 누구라고 말하지 않아도 어머니는 너를 알아보실 거야. 너 오랫동안 소식을 끊었더라."

"아, 자주 편지를 보내고 싶었는데 잘 안됐어. 얼마 전부터 너를 빨리 찾아야 한다고 느꼈지만. 매일 기다렸어."

데미안은 내 팔짱을 끼고 함께 걸었다. 그에게서 차분한 기운이 나와 내 안으로 전해졌다. 우리는 곧 예전처럼 수다를 떨었다. 학창 시절과 견진성사 수업, 방학 때의 그 불편했던 만남을 함께 추억했다. 그러나 우리 사이를 맨 처음 가깝게 이어준 프란츠 크로머와 있었던 이야기는 여전히 꺼내지 않았다.

무의식중에 우리의 대화는 예감으로 가득 찬 이상한 주제로 이어졌다. 데미안이 일본인과 했던 대화와 비슷하게 우리는 학생들이 살아가는 삶에 대해 이야기했고 그런 다음에는 전혀 동떨어져 보이는 화제로 넘어갔다. 하지만 데미안의 말을 듣고 있으면 그 이야기들 간의 밀접한 관계가 확실하게 드러났다.

그는 유럽의 정신과 이 시대의 징후에 대해 말했다. 어디서나

연합과 군집 본능이 팽배해 있지만 자유와 사랑은 어디에도 없다고 했다. 학생 단체와 합창단부터 국가에 이르기까지 이 모든 모임은 불가피하게 형성된 것으로 걱정과 두려움, 불안에서 생겨난 공동체라서 속은 부패하고 낡아 붕괴할 지경이라고도 했다.

"공동체란 아름다운 것이지."

데미안이 말했다.

"하지만 도처에 넘쳐나는 모습은 전혀 그렇지 않아. 개개인이 서로 이해할 때 진정한 공동체가 다시 생겨나고, 공동체가 세상을 바꿀 날도 올 거야. 지금의 공동체는 군집 본능으로 생겨난 것에 불과해. 사람들이 서로 달려가 모이는 이유는 서로 두려워하기 때문이지. 부자들끼리, 노동자들끼리, 지식인들끼리! 그런데 왜 두려워하는 걸까? 두려움은 자신 속에 분열이 일어난 경우에만 생겨. 자신에 대해 알고 있는 것이 하나도 없기 때문에 두려운 거야. 사회는 온통 자신 안에 있는 미지의 것을 두려워하는 사람들로 가득해! 사람들은 자신들의 규칙이 더 이상 타당하지 않다고 여겨. 자신들이 오래된 법에 따라 살고 있으며 종교와 도덕 역시 마찬가지라고 느끼고 있어. 그 어떤 것도 현재 우리가 필요로 하는 것에 부응하지 못한다고 느끼지. 100년이 넘는 세월 동안 유럽은 연구하고 공장을 세우는 일만 했어! 사람을 죽이는 데 화약 몇 그램이 필요한지는 정확히 알면서 신에게 기도하는 법은 몰라. 어떻게 해야 1시간 만이라도 행복하게 지낼 수 있는지에 대해서는 전혀 모른다고. 학생들이 드나드는 술집을 좀 봐! 아니면 부자들이 가는 환락가를! 암담하지! 싱클레어, 이 모든 것은 아무짝에도 쓸모가 없어. 겁에 질려 서로 부둥켜안고 있는 이런 사람들은 공포와 적의를 가득 품은 채 다른 사람을 믿지 않아. 더 이상 존재하지 않는 이상에 집착하며 새로운 이상을 세우려는 사람들에게 돌을 던지지. 갈등이 느껴져. 다가오고 있어, 믿어도 돼, 갈등이 곧 닥칠 거라고! 물론 갈등으로 세상이 '향상'되진 않을 거야. 노동자가 기업가를 때려죽이든, 혹은 러시아나 독일이 서로 총부리를 겨누든 바뀌는 것은 소유주일 뿐이지. 그렇더라도 그것이 헛된 일은 아닐 거야. 현재의 이상이 가치 없다는 걸 보여주고 석기시대의 신들을 깨끗이 쓸어버릴 테니까. 세계는 지금 이대로 죽고 싶어 하고 소멸하고 싶어 해. 그리고 그렇게 될 거야."

"그럼 우리는 어떻게 돼?"

내가 물었다.

"우리? 음, 아마 함께 소멸하겠지. 우리 같은 사람들도 맞아 죽을 수 있으니까. 단지 우리를 없애는 일이 쉽지 않을 뿐이야. 우리가 남기는 것 또는 우리 중 살아남는 자들 주위로 미래의 의지가 모여들게 돼. 유럽이 기술과 과학으로 축제를 벌이며 외쳐대는 소리에 한동안 파묻혔던 인간의 의지가 드러나게 될 거야. 그렇게 되면 현재 우리가 가진 공동체들, 즉 국가와 민족, 협회와 교회가 인류의 의지와 일치하는 구석이 전혀 없다는 사실이 밝혀지겠지. 하지만 자연이 인간에게 원하는 것은 너와 나처럼 각자 개인의 내면에 쓰여 있어. 예수 안에도 쓰여 있었고, 니체 안에도 쓰여 있었어. 유일하게 중요한 이런 흐름, 물론 그 양상이 매일 달라 보일 수 있지만, 현재 있는 공동체들이 무너진다면 이 흐름이 자리 잡을 공간이 마련될 거야."

우리는 밤이 늦어서야 강가의 정원 앞에 멈춰 섰다.

"난 여기에 살아."

데미안이 입을 열었다.

"조만간 놀러 와! 우리는 널 몹시 기다렸어."

밤이라 춥긴 했지만 나는 행복한 마음으로 먼 길을 걸어 집으로 돌아왔다. 시내 여기저기에 집을 찾아가는 학생들이 소란을 피우며 비틀거리고 있었다. 가끔 그들의 우스꽝스러운 유쾌함과 내 고독한 삶 사이의 극명한 차이를 발견할 때면 무언가 박탈당한 느낌이 들기도 했고, 그들에게 조롱을 퍼붓기도 했다. 하지만 오늘처럼 차분하고 은밀한 힘으로 충만해서 그 세계가 나와 아무 상관 없다고, 멀리 사라져 버렸다고 느낀 적은 없었다.

나이 지긋하고 위엄 있는 신사였던 고향 마을의 공무원들이 떠올랐다. 그들은 술에 취해 보낸 대학 시절의 추억에 매달려 그 추억을 숭고한 낙원의 기념품처럼 여겼고, 시인이나 다른 낭만주의 작가들이 유년 시절을 숭배하듯 사라져 버린 학창 시절의 '자유'를 숭배했다. 어디나 마찬가지였다! 어디서나 그들은 기억 저편에 놓인 과거에서만 '자유'와 '행복'을 찾아냈다. 자기 고유의 책임이 떠오를까 봐, 자기 고유의 길을 가라는 경고를 받을까 봐 두려웠기 때문이다. 술에 취해 흥청대며 몇 년을 보낸 뒤 그들은 슬그머니 기어들어 와서 국가의 공무를 담당하는 진지한 신사가 되었다. 그래, 우리 사회는 나태하고 썩었다. 학생들의 이런 어리석음은 다른 수많은 경우에 비하면 그나마 덜 멍청하고 덜 사악했다.

멀리 떨어진 숙소에 돌아와 침대에 누우니 이 모든 생각이 사라졌다. 기대에 부풀어 데미안과의 근사한 약속에 마음이 쏠려 있었다. 최대한 빨리, 내일이라도 당장 데미안의 어머니를 만날 작정이었다. 학생들이 술집에 진을 치고 얼굴에 문신을 해도 좋고, 세상이 썩어서 파멸을 기다려도 좋았다. 나와 무슨 상관이란 말인가! 나는 새로운 모습을 한 내 운명과 마주치기만을 기다렸다.

아침 늦게까지 푹 잤다. 어린 시절 크리스마스 이후로는 경험해 보지 못한 성스러운 축일처럼 새날이 밝아왔다. 내심 잔뜩 긴장하고 있었지만 두렵지는 않았다. 내게 정말 중요한 날이 온 것 같았다. 주변 세상이 기대에 찬, 의미심장하고 엄숙한 모습으로 바뀐 듯 보였다. 조용히 내리는 가을비도 거룩하고 행복한 음악으로 가득 차 아름답고 차분하며 즐거운 분위기를 자아냈다. 처음으로 바깥세상이 나의 내면과 순수하게 일치하는 소리로 울렸다. 그날은 영혼의 축일이었고, 나는 살아 있는 보람을 느꼈다. 집과 가게 유리창, 거리에서 마주치는 얼굴, 그 어느 것 하나 거슬리지 않았다. 모든 것이 있어야 하는 대로 있었고, 여느 날의 따분하고 공허한 모습이 아니라 기대에 부푼 자연의 모습이었다. 모두 경건하게 운명을 맞이할 준비가 되어 있었다. 어릴 적에는 크리스마스와 부활절 같은 큰 명절 아침에 세상이 그렇게 보였다. 이 세상이 여전히 그렇게 아름다울 수 있으리라곤 생각도 못 했다. 그동안 나는 내면을 향한 삶에 익숙해지면서 바깥세상의 삶이 내게 아무 의미도 없어졌다는 사실을 받아들였다. 밝은 빛깔들과 그 빛깔에 연결된 유년 시절도 함께 잃어야 한다는 사실과 영혼의 자유와 성숙을 얻는 대가로 그런 소중한 빛은 포기해야 한다는 사실도 받아들였다. 이제 나는 그 모든 것이 단지 어둠에 덮여서 가려져 있었을 뿐이라는 걸 알았다. 자유를 얻고도, 어린아이의 행복을 포기하고 나서도 세상이 빛나는 모습을 바라볼 수 있다는 걸, 아이의 시선으로 바라보며 마음속 흥분을 맛볼 수 있다는 걸 알고 황홀한 기분이 들었다.

전날 밤 막스 데미안과 헤어졌던 시 외곽의 정원을 다시 찾았다. 비에 젖어 잿빛이 된 키 큰 나무들 뒤로 작은 집 한 채가 있었다. 밝고 편안한 분위기였다. 큰 유리벽 뒤에 화초들이 높이 자라 있었고, 반짝이는 창문 너머로 그림과 서가로 장식된 어두운 벽들이 보였다. 대문은 작고 따뜻한 복도로 곧장 이어져 있었다. 검은 옷에 흰 앞치마를 두른 늙고 과묵한 하녀가 나를 안으로 안내하여 외투를 받아주었다.

하녀는 나를 복도에 혼자 두고 돌아갔다. 나는 주변을 둘러보며 곧바로 꿈속으로 빠져들었다. 문 위쪽 짙은 색 나무 벽에 테두리가 검은 유리 액자가 걸려 있었다. 액자 속 그림은 내가 잘 아는 그림이었다. 황금색 매의 머리를 지닌 나의 새가 지구 껍데기를 깨고 밖으로 나오려 하고 있었다. 감격한 나는 그 자리에 멈춰 섰다. 내가 행하고 겪었던 모든 일이 이 순간 대답이 되고 실현이 되어 돌아오는 것 같아 기쁘면서도 마음이 아팠다. 많은 영상이 내 영혼을 번개처럼 스쳐 지나갔다. 고향집 대문 아치 위쪽에 달린 돌로 된 낡은 문장, 그 문장을 그리고 있는 소년 데미안, 악마 크로머의 못된 손아귀에 잡혀 겁에 질린 소년 시절의 나, 작은 방 책상에 조용히 앉아 내 꿈속의 새를 그리며 자신의 실로 엮은 그물에 영혼을 옭아매던 청소년 시절의 나…
…. 그리고 이 순간까지 있었던 모든 일들이 내 안에 다시 울렸
고, 확인받았으며 답변을 얻었고 인정받았다.

나는 촉촉해진 눈으로 그림을 응시하며 내 마음속을 읽고 있었
다. 시선을 내리자 새 그림 아래 열린 문간에 어두운색 옷을 입
은 커다란 여인이 서 있었다. 그녀였다. 나는 한마디 말도 할 수
없었다. 그 아름답고 품위 있는 여인은 아들과 똑같이 세월의
흔적도 나이도 없이, 내면의 의지가 가득한 얼굴로 다정한 미소
를 지어 보였다. 그녀의 눈길은 실현이었고, 그녀의 인사는 귀향
을 의미했다. 나는 말없이 손을 내밀었다. 여인은 양손으로 내
손을 단단하고 따뜻하게 감싸 쥐었다.

"당신이 싱클레어로군요. 바로 알아봤어요. 어서 오세요!"

목소리는 깊고 따스했다. 나는 달콤한 와인처럼 그 목소리에
취했다. 그리고 이제 시선을 들어 차분한 얼굴과 검고 깊은 눈,
붉고 생기로운 입술, 표식을 지닌 환하고 위엄 있는 이마를 바
라보았다.

"반갑습니다!"

나는 여인의 손에 입을 맞췄다.

"내내 길 위에 있다가 이제야 집에 온 것 같네요."

여인이 어머니처럼 미소를 지어 보였다.

"그 누구도 집에 이를 수 없답니다."

다정한 목소리가 이어졌다.

"하지만 친근한 길들이 서로 만나는 지점에서는 온 세상이 잠시 집인 것처럼 보이죠."

그녀는 내가 그녀에게 오는 길에 느꼈던 것을 말한 것이었다. 그 목소리와 말투는 아들과 비슷하면서도 전혀 달랐다. 모든 면에서 더 성숙하고 따뜻하며 자명했다. 오래전에 막스 데미안이 전혀 소년 같아 보이지 않았던 것처럼 그의 어머니도 결코 다 자란 아들을 둔 어머니 같지는 않았다. 얼굴과 머리카락에서 젊고 향긋한 기운이 풍겼고, 황금빛 피부는 팽팽하고 매끄러웠으며, 입은 활짝 핀 꽃 같았다. 꿈에서보다 더 당당한 자태로 내 앞에 서 있었고, 그 곁에서는 사랑의 행복을, 그 눈길에서는 흡족함을 느낄 수 있었다.

이처럼 운명은 내 안에 새로운 모습을 드러냈다. 더 이상 엄격하고 고립된 모습이 아닌 성숙하고 즐거움이 가득한 모습으로! 나는 어떤 결정도 내리지 않았고, 어떤 맹세도 하지 않았다. 나는 목표였던 고지에 도착했고, 그곳에서 앞으로 가야 할 멀고도 웅장한 길을 보았다. 가까이 있는 행복의 나무 꼭대기가 그늘을 드리우기도 하고, 온갖 즐거움을 간직한 그 근처의 정원이 시원하게 식혀주기도 하는 그 길은 약속의 땅을 향해 힘차게 뻗어 있었다. 내게 무슨 일이 일어나도 괜찮았다. 세상에서 이 여인을 알게 되고 그 목소리에 취하고 그 곁에서 숨 쉴 수 있어서 행복했다. 그녀가 내게 어머니이든 연인이든 여신이든 상관없었다. 거기에 있어만 준다면! 내 길이 그녀의 길 옆에 놓여 있기만 하다면!

그녀가 나의 새 그림을 가리켰다.

"저 그림만큼 막스를 기쁘게 한 것은 없었어요."

그리고 생각에 잠겨 말했다.

"나도 기뻤지요. 우리는 당신을 기다렸어요. 그림이 도착하자 그제야 당신이 우리에게로 오고 있다는 걸 알았답니다. 싱클레어, 당신이 작은 소년이었을 때 하루는 아들이 학교에서 돌아와 이마에 표식을 지닌 아이가 있으니 친구로 삼아야 한다고 말했어요. 그게 당신이었죠. 당신은 고된 시간을 보냈을 테지만 우리는 당신을 믿었어요. 방학 때 집에 와서 막스와 다시 만난 적이 있죠. 그 당시 아마 열여섯 살쯤이었을 거예요. 막스가 해준 얘기로는⋯⋯."

내가 말을 끊었다.

"저런, 그 이야기를 하다니! 제가 아주 불행했던 시기였어요!"

"그래요, 막스가 얘기하더군요. 싱클레어에게 가장 힘든 시련이 찾아왔다고. 당신이 또다시 공동체로 도망치려 하고 술집을 드나들고 있다더군요. 하지만 그런 생활은 당신에게 영향을 미치지 못했을 거예요. 가려져 있는 표식이 몰래 당신을 불타오르게 했으니까요. 그렇지 않았나요?"

"네, 그랬어요, 아주 정확히. 그런 뒤 베아트리체를 발견했고 그다음엔 마침내 또 다른 인도자가 내게로 왔습니다. 이름이 피스토리우스였어요. 그제야 내 어린 시절이 왜 그렇게 막스에게 단단히 묶여 있었는지, 내가 왜 막스에게서 벗어날 수 없었는지 깨달았죠. 부인…… 어머니, 그 당시 저는 자꾸만 자살하고 싶은 심정이었습니다. 그 길은 누구에게나 그토록 어려운 건가요?"

여인은 손으로 공기처럼 가볍게 내 머리를 쓰다듬었다.

"태어나는 일은 언제나 어려운 거예요. 당신도 알다시피 새는 알에서 나오려고 투쟁해야 하죠. 돌이켜 물어보세요. 대체 그 길이 그렇게 어려웠나요? 어렵기만 했어요? 아름답기도 하지 않았나요? 더 아름답고 쉬운 길이 있었을까요?"

나는 고개를 저었다. 그리고 꿈꾸듯 대답했다.

"어려웠습니다. 꿈이 찾아올 때까지는 어려웠어요."

그녀는 고개를 끄덕이며 나를 뚫어지게 쳐다보았다.

"네, 사람은 자신의 꿈을 찾아야 하죠. 그러면 길이 쉬워집니다. 하지만 영원한 꿈은 없으니 새로운 꿈으로 대체되기 마련이에요. 어떤 특정한 꿈을 계속 붙들고 있으려 하면 안 돼요."

나는 덜컥 겁이 났다. 그것이 경고였을까? 아니면 방어였을까? 하지만 아무래도 좋았다. 나는 목표도 묻지 않고 그녀가 이끄는 대로 따를 준비가 되어 있었다.

"제 꿈이 얼마나 오래 지속될지 모르겠어요."

내가 말했다.

"영원하면 좋겠습니다. 저 새 그림 아래서 어머니 같기도 하고 연인 같기도 한 운명이 저를 맞아주었죠. 운명 외에 누구도 저를 소유할 수 없습니다."

"꿈이 당신의 운명인 한 당신은 그 꿈에 충실해야 해요."

그녀가 진지한 목소리로 단언했다. 나는 이 황홀한 시간에 죽고 싶다는 간절한 열망과 슬픔에 사로잡혔다. 눈물이(더 이상 울지 않고 지냈던 세월이 얼마였던가!) 주체할 수 없이 솟구치며 나를 제압하는 것 같았다. 나는 몸을 홱 돌려 창가로 갔다. 눈물이 그렁그렁해 희미해진 눈으로 화단 너머 먼 곳을 바라보았다.

뒤에서 여인의 목소리가 들렸다. 차분하면서도 포도주를 끝까지 채운 잔처럼 애정이 가득한 목소리였다.

"어린아이로군요, 싱클레어! 운명은 당신을 사랑한답니다. 당신이 충실하다면 언젠가 운명은 꿈에서처럼 완전히 당신의 것이 될 거예요."

나는 마음을 가라앉히고 다시 그녀에게로 고개를 돌렸다. 그녀가 내게 손을 내밀었다.

"내겐 친구들이 있답니다."

그녀는 미소 지으며 말을 이었다.

"정말 몇 안 되지만 가까운 친구들이죠. 그들은 나를 에바 부인이라고 불러요. 원한다면 당신도 그렇게 부르세요."

에바 부인은 나를 이끌고 문 쪽으로 가서는, 문을 열고 정원을 가리켰다.

"막스는 저 밖에 있어요."

키 큰 나무들 아래에서 나는 멍하니 몸을 떨며 서 있었다. 평소보다 더 말똥말똥한 상태인지, 몽롱한 상태인지 알 수 없었다. 나뭇가지에서 빗물이 부드럽게 떨어졌다. 나는 먼 강둑과 나란히 뻗어 있는 정원으로 천천히 걸어 들어갔다. 마침내 데미안을 발견했다. 데미안은 탁 트인 정자 위, 매달려 있는 샌드백을 앞에 두고 웃통을 벗은 채 권투 연습을 하는 중이었다.

나는 놀라서 그 자리에 멈춰 섰다. 넓은 가슴과 견고하고 사내다운 머리, 탄탄한 근육이 불끈 솟아오른 팔을 지닌 데미안의 모습은 멋있었다. 엉덩이와 어깨, 손목의 움직임도 뿜어져 나오는 분수처럼 경쾌했다.

"데미안!"

나는 친구를 불렀다.

"거기서 뭐 해?"

데미안이 유쾌하게 웃었다.

"연습하고 있어. 그 작은 일본인과 권투 시합을 하기로 했거든. 고양이처럼 잽싸고 교활하기까지 한 녀석이지만 나를 이길 순 없을걸. 사소한 굴욕을 당한 적이 있으니 되갚아줘야지."

데미안은 셔츠와 재킷을 입으며 물었다.

"어머니와는 벌써 만났어?"

"응, 데미안. 아주 훌륭한 분이더군! 에바 부인! 어머니와 완벽하게 어울리는 이름이야. 모든 존재의 어머니처럼 보여."

데미안은 잠시 생각에 잠겨 내 얼굴을 바라보았다.

"그 이름을 벌써 알았어? 대단한데, 친구! 어머니가 처음 만난 자리에서 그 이름을 말해준 사람은 네가 처음이야."

그날부터 나는 아들이자 형제처럼, 또 한편으로는 연인처럼 그 집을 드나들었다. 문을 닫고 집 안으로 들어서면, 아니 멀리서 높이 자란 정원의 나무들이 보이기만 해도 벌써 내 마음은 풍요롭고 행복했다. 집 밖에는 '현실'이 있었다. 거리와 집, 사람과 단체, 도서관과 강의실이 있었다. 하지만 이 안에는 사랑과 영혼이 있었고 동화와 꿈이 살고 있었다. 그렇다고 해서 우리가 세상과 동떨어져 지낸 것은 아니었다. 생각하고 대화하다 보면 차원만 다를 뿐 우리는 자주 세상 한가운데에 살았다. 우리를 대중에게서 갈라놓는 것은 경계선이 아니라 그저 다른 시각일 뿐이었다. 우리의 임무는 세상에서 섬이 되어, 어쩌면 본보기가 되어, 어떤 경우가 됐든 삶의 다른 가능성을 제시하는 것이었다. 오랫동안 외롭게 지냈던 나는 완전한 고독을 겪어본 사람들끼리 나눌 수 있는 우정에 대해 배웠다. 두 번 다시 행복한 자들의 식탁과 유쾌한 자들의 축제를 동경하지 않았고, 다른 이들의 모임을 보아도 절대 부러움이나 향수에 젖지 않았다. 그러면서 천천히 '표식'을 지닌 자들의 비밀 속으로 빠져들었다.

표식을 지닌 우리가 세상에서 이상한, 심지어 미치고 위험한 사람 취급을 당하는 것은 당연한 일일지 모른다. 우리는 깨어났거나 혹은 깨어나고 있는 사람들이었고, 언제나 완벽한 인식에 이르기 위해 노력했다. 반면 다른 사람들은 자신들의 생각, 이상과 의무, 사랑과 행복을 집단의 것과 더욱 가까이 일치시키기 위해 노력했고, 그러면서 행복을 추구했다. 그것 역시 노력이었으며 힘과 위대함이 담겨 있었다. 하지만 우리가 보기에 표식을 지닌 우리는 자연의 의지를 새로운 것, 개인과 미래를 향해 표현된 것으로 여긴 반면, 다른 이들은 옛것을 고집하며 살았다. 그들도 우리와 마찬가지로 인류를 사랑하긴 했지만, 그들에게 인류란 유지하고 보호해야 하는 완성품이었다. 반면 우리에게 인류는 우리 모두가 향해 가고 있는 먼 미래로, 아무도 그 모습을 알지 못했고 그 법은 어디에도 쓰여 있지 않았다.

에바 부인과 데미안, 나 외에도 다양한 종류의 탐구자들이 가깝게 혹은 멀게 우리 무리에 속해 있었다. 그들은 대부분 각자 고유의 길을 갔고, 독특한 목표를 지녔으며, 특별한 사상과 의무에 매여 있었다. 그들 가운데는 점성술사와 신비주의자, 톨스토이 백작의 추종자를 비롯해 온갖 섬세하고 소심하고 여린 사람들이 있었다. 또, 새로운 종파의 신봉자, 인도의 고행 수련자, 채식주의자 들도 있었다. 각자가 다른 사람의 비밀스러운 꿈에 존중을 표하는 것 외에 실제로 우리가 그들과 나눈 정신적 교류는 아무것도 없었다. 우리와 가까이 지낸 이들은 과거에 있었던 인류의 신과 새로운 이상을 찾는 일에 관심이 많았고, 그런 연구를 접할 때면 나는 피스토리우스가 자주 떠올랐다. 그들은 책을 가져와서 고대 언어로 적힌 글을 해석해 주었고, 고대의 상징과 제례에 관한 그림을 보여주었다. 그리고 지금까지 인류가 품었던 모든 이상이 무의식 속 영혼의 꿈들로 이루어졌다는 것, 그 꿈속에서 인류가 미래 가능성에 대한 예감을 어떻게 더듬어 따라갔었는지를 가르쳐주었다. 그렇게 해서 우리는 천 개의 머리가 얽혀 있는 경이로운 고대 신들로부터 기독교 전환기에 이르기까지 전부 훑어보았다. 고독한 성자의 믿음과 한 민족에서 다른 민족으로 이어진 종교의 변천사도 배웠다. 그리고 수집한 모든 자료를 보며 우리는 현시대와 유럽을 비판하지 않을 수 없었다. 엄청난 노력을 쏟아부어 강력하고 새로운 인류의 무기를 만들어 냈지만, 결국 영혼은 심각하고 끔찍하게 황폐해지고 말았다. 유럽은 온 세계를 정복했지만 그들 자신의 영혼은 잃었던 것이다.

여기에도 특정한 희망과 구원을 믿고 지지하는 자들이 있었다. 그들은 믿음을 유럽에 전파하고자 하는 불교도들과 톨스토이를 추종하는 자들, 다른 교파를 믿는 자들이었다. 우리는 작은 단위로 모여 이야기에 귀를 기울였지만 이런 가르침은 그저 상징으로밖에 여기지 않았다. 미래의 형성을 염려하는 일은 우리처럼 표식을 지닌 자들의 몫이 아니었다. 그 모든 믿음과 구원의 가르침은 이미 예전에 소멸하여 쓸모없어진 것 같았다. 우리가 의무와 운명으로 삼는 것은 단 한 가지였다. 즉, 우리 모두가 완전한 본래의 모습이 되어 자연이 자신 안에 심어놓은 씨앗의 용도에 맞도록 충실히 사는 것, 그리하여 불확실한 미래에 어떤 일이 일어나더라도 당당히 자연의 의지대로 사는 것이었다.

왜냐하면 새로운 탄생과 현 세계의 파멸이 임박했고 이미 감지되고 있다는 사실을 말하든 않든 우리 모두는 느낌으로 정확히 알고 있었기 때문이다. 데미안은 자주 내게 이렇게 말했다.

"무슨 일이 일어날지는 상상할 수 없어. 유럽의 영혼은 끝없이 오랫동안 갇혀 있던 짐승과 같지. 자유를 얻었을 때 첫 움직임은 그리 아름답지 않을 거야. 하지만 너무나 오랫동안 방해받고 마비되기를 반복해 온 영혼의 진정한 욕구가 드러날 수만 있다면, 제대로 가든 돌아서 가든 방법은 중요하지 않아. 그렇게 되면 우리의 날이 올 거고 사람들은 우리를 원하게 돼. 인도자나 새로운 법을 만드는 사람으로서가 아니야. 더 이상 새로운 법이 필요 없을 테니까. 그 대신 운명이 부르는 곳이면 어디든 가서 설 준비와 의지를 갖춘 사람으로서 말이지. 이를테면 자신의 이상이 위협당할 때 사람들은 모두 믿기지 않는 일을 하려고 마음먹지. 하지만 새로운 이상, 새롭고 어쩌면 위험하면서 불길한 충동이 자라나 문을 두드리면 거기에는 아무도 없어. 그때 거기에서 준비하여 함께 나아갈 소수의 사람이 우리가 될 거야. 그것이 우리가 표식을 지닌 이유거든. 표식을 지닌 카인이 공포와 증오를 일으켜 그 당시 인류를 좁은 전원에서 위험한 광야로 몰아냈던 것처럼 말이지. 인류 역사의 과정을 바꿔놓은 사람들은 하나같이 운명을 받아들일 준비가 되어 있었기에 그런 능력을 발휘하고 영향을 미칠 수 있었던 거야. 모세와 부처, 나폴레옹과 비스마르크가 그런 경우에 해당해. 우리는 어떤 일에 종사하고 어떤 끝을 향해 나아갈지 선택할 권한이 없어. 만약 비스마르크가 사회민주당과 뜻을 같이하여 그들에게 합류했다면 영리한 인물은 되었겠지만, 운명을 따른 인간은 아니었겠지. 나폴레옹, 카이사르, 로욜라 모두 마찬가지였을 거야! 이런 문제는 늘 생물학과 진화론적 관점으로도 고찰해 봐야만 해! 지구 표면에 격변이 일어나 수중 동물을 땅으로, 육지 동물을 물속으로 던져버린다면 어떨까? 운명을 맞을 준비가 된 종들은 그동안 들어본 적 없는 새로운 종으로 탈바꿈하고, 자신의 종을 새로운 환경에 적응시켜 구원할 수 있지. 이런 종들이 예전에 보수적이고 현상 유지를 고집했었는지, 아니면 괴짜에 혁명가였는지 우리는 몰라. 하지만 그들은 준비되어 있었고, 그로 인해 자신의 종을 새롭게 진화시켜 구원할 수 있었지. 그것을 안 이상 우리 역시 그렇게 되도록 준비해야 해."

가끔 에바 부인도 그런 대화에 함께했지만 직접 끼어들어 이런 식으로 이야기하지는 않았다. 자신의 생각을 얘기하는 우리에게 부인은 신뢰와 이해로 가득 찬 경청자이며 메아리였다. 모든 생각이 부인에게서 비롯되었다가 부인에게로 되돌아가는 것 같았다. 에바 부인 곁에 앉아 가끔 목소리를 듣고 그 주변의 성숙한 영적 분위기를 공유하는 것이 내게는 행복이었다.

에바 부인은 내 안에 어떤 변화나 혼란, 새로운 진전이 일어나고 있다는 것을 즉시 알아챘다. 자면서 꾸는 꿈들은 에바 부인이 보내는 영감처럼 여겨졌다. 나는 부인에게 자주 꿈 이야기를 들려주었다. 부인은 그 꿈들을 충분히 이해하고 자연스럽게 받아들였으며, 세세한 부분까지도 섬세한 감정으로 전부 따라잡았다. 한동안 나는 낮에 했던 대화를 되풀이하는 것 같은 꿈을 꾸었다. 꿈에서 전 세계가 아수라장이었고 나는 혼자 혹은 데미안과 함께 초조한 마음으로 거대한 운명을 기다리고 있었다. 운명은 가려져 있긴 했지만 어쨌든 에바 부인의 모습을 하고 있었다. 그녀에게 선택받느냐 버림받느냐, 그것이 운명이었다.

이따금 에바 부인은 미소 띤 얼굴로 이렇게 이야기하곤 했다.

"당신의 꿈은 완전하지 않아요, 싱클레어. 가장 중요한 부분을 잊어버렸군요."

그러면 그 부분이 다시 떠올랐고 어째서 내가 그것을 잊을 수 있었는지 이해할 수 없었다.

가끔 나는 불만을 느끼며 욕망에 시달렸다. 옆에 있는 여인을 안지 못하고 옆에서 바라보기만 하려니 더는 견딜 수가 없었다. 에바 부인도 그런 나를 곧 눈치챘다. 한번은 며칠간 그 집에 발길을 끊었다가 절망에 빠져 다시 찾아간 적이 있었다. 부인은 나를 자신 곁으로 데려가 말했다.

"자신도 믿지 못하는 소망을 욕심내면 안 돼요. 무엇을 원하는지 알아요. 그 소망을 포기하든가, 그러지 못하겠다면 완벽하게 제대로 소망해야 해요. 소원이 이루어질 거라고 확신하면서

간절히 원하면 실제로 이루어질 거예요. 하지만 당신은 지금 원하면서도 다시 후회하고 두려워하고 있지요. 그 모든 것을 극복해야만 해요. 이야기를 하나 해줄게요."

에바 부인은 별과 사랑에 빠진 한 청년의 이야기를 들려주었다. 청년은 바닷가에 서서 손을 뻗어 별에게 기도했다. 별에 대한 꿈을 꾸고 온 생각을 집중했다. 하지만 청년은 별이 인간의 품에 안길 수 없다는 사실을 알았다, 혹은 안다고 생각했다. 청년은 이루어지리란 희망 없이 천체를 사랑하는 것이 자신의 운명이라 여겼다. 이런 생각 끝에 단념에 관한, 그리고 자신을 향상시키고 정화시켜줄 고요하고 참된 고통에 관한 시 한 편을 완성했다. 그러나 그의 꿈들은 여전히 별에게로 향했다. 어느 날 밤 청년은 또다시 바닷가의 높은 벼랑에 서서 별을 바라보며 사랑을 불태우고 있었다. 열망이 절정에 달한 순간 청년은 뛰어올라 별을 향해 공중으로 몸을 던졌다. 그런데 뛰어오르면서 번개처럼 스치는 생각이 있었다. 이건 불가능해! 그러자 청년은 해안으로 떨어져 산산이 부서지고 말았다. 그는 사랑하는 법을 이해하지 못했던 것이다. 뛰어오르는 순간 사랑을 이룰 수 있다고 영혼의 힘을 모아 굳고 확실하게 믿었더라면 그는 위로 날아올라 별과 하나가 되었을 것이다.

"사랑은 애원해도 안 되고 요구해서도 안 됩니다."

부인이 말했다.

"사랑은 그 안에 확신하는 힘이 있어야 해요. 그러면 사랑은 더 이상 끌려가지 않고 끌어당기게 되죠. 싱클레어, 당신의 사랑은 내게 이끌리고 있어요. 그 사랑이 나를 끌어당기면 나는 그리로 갈 거예요. 나는 나 자신을 선물로 주고 싶지 않아요. 이끌리기를 원해요."

또 한번은 다른 이야기를 들려주었다. 희망 없는 사랑을 하는 사내가 있었다. 그는 영혼 속에 완전히 틀어박혀 자신이 사랑으로 다 타서 없어질 거라고 생각했다. 세상은 사내를 잊은 채 흘러갔다. 파란 하늘과 초록빛 숲은 더 이상 사내의 눈에 들어오지 않았다. 졸졸 흐르는 개울 소리도 들리지 않았고 하프 소리도 울리지 않았다. 모든 것이 가라앉았고, 사내는 불행하고 비참해졌다. 하지만 그의 사랑은 점점 커졌다. 사내는 사랑하는 아름다운 여인을 포기하느니 차라리 죽어서 사라지고 싶었다. 그때 그는 사랑이 자신 안의 다른 모든 것을 태워 없애버린 것 같다고 느꼈다. 사랑이 강해져 계속 끌어당기니 아름다운 여인은 따라올 수밖에 없었다. 사랑하는 여인이 오자 그는 팔을 활짝 펼치고 서서 여인을 자신에게로 끌어당겼다. 하지만 그의 앞에 선 여인은 완전히 달라져 있었다. 그 모습에서 사내는 자신이 끌어당긴 것이 잃어버린 세계 전체였음을 깨우치며 전율을 느꼈다.

그 세계는 그의 앞에 서서 몸을 맡겼고, 하늘과 숲과 개울 모두가 새로운 빛깔로 신선하고 웅장하게 다가와 그의 소유가 되었으며, 그가 쓰는 언어로 말을 걸었다. 사내는 단순히 한 여인을 얻은 것이 아니었다. 마음에 온 세상을 품었고 하늘에 떠 있는 모든 별이 그의 안에서 빛나며 영혼을 통해 기쁨으로 반짝였다. 사내는 사랑을 했고 그러면서 자신의 본모습을 찾았던 것이다. 그러나 대부분의 사람들은 사랑을 하며 본모습을 잃어버린다.

 에바 부인을 향한 사랑이 내 삶을 가득 채운 것 같았다. 하지만 그녀는 매일 달라 보였다. 내 존재가 끌려가기 위해 안간힘 쓰는 대상이 그녀라는 인간 자체가 아니라, 나를 내면으로 더 깊이 이끌고 싶어 하는 상징에 불과하다는 확신이 자주 들었다. 가끔 부인이 하는 말은 나를 괴롭히는 다급한 문제들에 대해 내 잠재의식이 내놓는 대답처럼 들리기도 했다. 그러다가 다시 그녀 옆에서 관능적인 욕망에 불타 그녀가 만졌던 것들에 입을 맞추기도 했다. 그리고 서서히 관능적인 사랑과 정신적 사랑, 현실과 상징이 서로 겹쳤다. 그런 뒤 집으로 돌아와 고요한 내 방에서 그녀를 생각하면 내 손에 그녀의 손길이, 내 입술에 그녀의 입술이 느껴지는 것 같았다. 아니면 곁에서 얼굴을 보고 함께 이야기하며 목소리를 들어도 그것이 현실인지 꿈인지 분간할 수 없었다. 나는 어떻게 하면 사랑을 영원토록 사라지지 않게 소유할 수 있는지 깨닫기 시작했다. 책을 읽어 새로운 지식을 얻었을 때의 느낌은 에바 부인에게서 받은 입맞춤과 똑같았다. 그녀가 내 머리를 쓰다듬으며 부드럽고 향긋한 온기가 묻어나는 미소를 지어 보이면 나는 나 자신 안에서 한 걸음 더 나아간 듯한 느낌이 들었다. 내게 중요한 것, 운명인 것은 모두 에바 부인의 모습으로 나타났다. 그녀는 내가 하는 모든 생각으로 변신할 수 있었고, 내 모든 생각은 그녀로 탈바꿈될 수 있었다.

 나는 부모님 곁에서 보내야 하는 크리스마스 휴가가 걱정이었다. 2주 동안 에바 부인과 떨어져 지내는 일은 틀림없이 고통스러울 거라 생각했지만, 전혀 고통스럽지 않았다. 집에 머물며 그녀를 생각하는 것이 즐거웠다. H 시로 돌아와서도 나는 이틀간 부인을 찾아가지 않은 채, 그 관능적인 모습이 내 앞에 있지 않다는 사실에서 느껴지는 안전함과 자유를 즐겼다. 꿈에서도 나와 에바 부인의 결합은 새로운 은유적 방식으로 나타났다. 그녀는 대양이었고, 나는 그 대양으로 흘러들었다. 그녀는 별이었고, 나 역시 별이 되어 그녀에게로 갔다. 그리고 함께 만나 끌림을 느끼고 영원토록 낭랑한 소리를 내는 작은 원을 그리며 행복하게 서로 주변을 빙빙 돌았다.

 다시 부인을 찾아갔을 때 나는 이 꿈 이야기를 했다.

 "아름다운 꿈이네요."

에바 부인이 조용히 말했다.

"꿈을 이루어 보세요!"

그해 이른 봄 내가 절대로 잊지 못할 날이 찾아왔다. 현관에 들어섰을 때 창문은 열려 있었고, 미지근한 공기 중에 히아신스 꽃향기가 짙게 배어 있었다. 사람이 아무도 없기에 계단을 올라가 막스 데미안의 서재로 갔다. 가볍게 문을 두드리고 나서 늘 그랬듯이 대답을 기다리지 않고 안으로 들어갔다.

어두운 방에 커튼이 모두 내려져 있었다. 작은 옆방으로 통하는 문이 열려 있었다. 그곳은 데미안이 화학 실험을 위해 꾸며 놓은 방이었다. 그곳에 먹구름을 뚫고 나온 밝고 하얀 봄 햇살이 비치고 있었다. 나는 아무도 없는 줄 알고 커튼을 걷었다.

그 순간 커튼이 드리워진 창가 의자에 막스 데미안이 앉아 있는 것을 보았다. 잔뜩 웅크리고 있었는데 이상하게 전과 달라 보였다. 어떤 느낌이 퍼뜩 스쳐 지나갔다. 저 모습을 예전에 한 번 보았었지! 데미안은 팔을 축 늘어뜨린 채 양손을 무릎에 얹고 있었다. 눈을 뜨고 고개를 살짝 앞으로 숙인 얼굴은 죽은 듯 생기가 없었다. 힘없이 눈을 깜빡일 때마다 유리 조각 같은 눈동자에 작고 눈부신 빛이 반사되었다. 자신 안으로 몰입하여 딱딱하게 굳은 무표정하고 창백한 얼굴이 마치 사원 입구에 있는 고대의 동물 가면 같았다. 숨도 안 쉬는 것 같았다.

기억이 되살아나자 몸이 떨렸다. 여러 해 전 내가 아직 어린 소년이었을 때 보았던 모습과 똑같다. 눈은 내면을 향해 고정되어 있고, 손은 생기 없이 나란히 놓여 있으며, 파리 한 마리가 얼굴에 붙어 기어다니고 있다. 6년쯤 전에도 데미안은 지금과 똑같이 나이 들어 보이면서도 세월의 흔적이 보이지 않는 얼굴을 지녔었다. 주름살 하나도 변함없이 그대로였다.

두려움에 사로잡힌 나는 조용히 방을 나와 아래층으로 내려갔다. 복도에서 창백하고 지쳐 보이는 에바 부인과 마주쳤다. 처음 보는 모습이었다. 창문으로 그늘이 드리워지며 밝고 하얀 햇살이 갑자기 사라졌다.

"막스에게 갔었어요."

내가 다급하게 속삭였다.

"무슨 일입니까? 자는 건지, 자기 안에 몰입해 있는 건지 모르겠지만, 전에도 한 번 그런 모습을 본 적이 있어요."

"깨우진 않았죠?"

부인이 재빨리 물었다.

"네, 제 소리를 듣지 못했어요. 저는 곧바로 방에서 나왔어요. 말씀해 주세요, 에바 부인. 왜 저러는 겁니까?"

그녀는 손등으로 이마를 쓸었다.

"침착해요, 싱클레어. 아무 문제 없어요. 그 애는 명상에 잠겨 있는 거예요. 오래 걸리지 않을 거예요."

비가 막 내리기 시작했는데도 에바 부인은 일어나서 정원으로 나갔다. 따라가서는 안 될 것 같았다. 나는 복도를 왔다 갔다 하며 후각이 마비될 정도로 짙은 히아신스 꽃향기를 맡기도 하고, 문 위에 걸린 나의 새 그림을 바라보기도 했다. 그러면서 이 아침 집 안을 가득 메운 이상한 그늘에 초조해하며 답답한 숨을 몰아쉬었다. 왜 이런 걸까? 무슨 일이 일어난 거지?

에바 부인은 금방 돌아왔다. 짙은 색 머리에 빗방울이 방울방울 맺혀 있었다. 그녀는 자신의 안락의자로 가서 앉았다. 지쳐 보였다. 나는 부인에게 다가가 몸을 숙여 머리에 맺힌 빗방울에 입 맞추었다. 부인의 눈은 밝고 차분했지만 빗방울에서는 눈물 맛이 났다.

"막스가 어떤지 살펴볼까요?"

내가 속삭이듯 물었다. 에바 부인은 희미하게 미소 지었다.

"어린애처럼 굴지 마요, 싱클레어!"

그녀는 자신 안의 마법을 풀어버리려는 듯 큰 소리로 타일렀다.

"지금은 갔다가 나중에 다시 오세요. 지금은 당신과 대화할 수가 없군요."

나는 밖으로 나와 걷기도 하고 뛰기도 하며 도시를 벗어나 산으로 향했다. 가는 비가 비스듬히 내리고 있었다. 구름은 공포에 무겁게 짓눌린 듯 낮게 깔려 지나갔다. 아래쪽에는 바람이 거의 불지 않았지만 고지대에는 폭풍이 부는 것 같았다. 햇살이 종종 푸르스름한 잿빛 구름을 뚫고 나와 밝고 눈부시게 빛났다.

그러다가 하늘 저편에서 노란 솜털 구름이 흘러와 푸르스름한 잿빛 구름과 충돌했고, 순식간에 바람이 일어 노랗고 파란 구름으로 거대한 새의 형상을 빚어냈다. 그 새는 푸른색 혼돈을 찢고 나와 넓은 날개를 펄럭이며 하늘로 사라졌다. 곧이어 폭풍이 몰려오는 소리가 들렸다. 비와 우박이 섞여 내렸다. 비가 세차게 뿌리고 지나간 풍경 위로 믿기지 않을 정도로 무시무시한 천둥소리가 짧게 울렸다. 이내 햇살이 다시 구름을 비집고 나왔다. 갈색 숲 위로 보이는 근처 산에 쌓인 창백한 눈이 희미하고 비현실적으로 반짝였다.

몇 시간 후 비에 홀딱 젖은 채 바람에 떠밀려 돌아오자 데미안이 직접 문을 열어주었다.

그리고 나를 데리고 자기 방으로 올라갔다. 실험실에 가스 불꽃이 타오르고 종이들이 주변에 널브러져 있는 것을 보니 실험을 하고 있던 모양이었다.

"앉아."

데미안이 자리를 권했다.

"피곤하겠구나. 날씨가 궂었지. 밖에서 꽤 쏘다닌 모양이네.

차가 금방 나올 거야."

"오늘은 뭔가 이상해."

나는 머뭇거리며 말문을 열었다.

"날씨뿐만이 아니야."

친구가 살피듯 나를 쳐다보았다.

"무엇을 봤어?"

"응. 구름 속에 잠시 나타난 형상을 똑똑히 봤어."

"어떤 형상?"

"새였어."

"그 매? 그거였어? 네 꿈속의 새?"

"그래, 내 매였어. 노란색에 어마어마하게 컸고 검푸른 하늘로 날아갔어."

데미안이 깊은 한숨을 쉬었다. 문 두드리는 소리가 들리고 늙은 하녀가 차를 가져왔다.

"어서 마셔, 싱클레어. 네가 그 새를 본 것이 우연은 아닌 것 같은데?"

"우연? 그런 것을 우연히 보기도 하니?"

"물론 아니지. 그것은 무언가를 의미해. 너는 뭔지 알아?"

"아니. 운명이 한 걸음을 뗀 것처럼 엄청난 충격을 의미한다는 느낌만 있을 뿐이야. 우리 모두와 관련이 있는 것 같아."

데미안은 격하게 이리저리 서성거렸다.

"운명이 한 걸음을 떼었다!"

데미안이 크게 소리쳤다.

"나도 어젯밤 그런 꿈을 꾸었고, 어머니도 어제 똑같은 예감이 들었다고 말했어. 꿈속에서 나는 나무 기둥인가 탑 같은 데 걸쳐진 사다리를 타고 올라갔지. 꼭대기에 이르자 커다란 평야로 이루어진 어떤 나라의 도시와 마을이 온통 불타고 있더군. 아직 전부 설명할 수는 없어. 모든 것이 아직 분명치가 않아."

"너 자신에 관한 꿈인 것 같아?"

내가 물었다.

"나에 관한 거냐고? 당연하지. 아무도 자신과 관련 없는 꿈은 꾸지 않아. 하지만 네 말대로 나 혼자만 관련된 꿈은 아니야. 나는 자신의 영혼 속 움직임을 보여주는 꿈과 드물게 전 인류의 운명을 암시하는 꿈의 차이를 확실히 구분하거든. 그런 꿈은 거의 꾼 적이 없어. 미래를 예언해서 그대로 이루어졌다고 말할 수 있는 꿈은 하나도 없었어. 해석이 너무 불명확해서 말이야. 하지만 나에게만 해당되는 꿈이 아니었다는 것은 분명해. 사실 그 꿈은 내가 이전에 꾸었던 다른 꿈에 연결되어 이어지고 있어. 이 꿈들을 근거로 예감을 갖게 됐고, 그것을 너에게 얘기한 거야, 싱클레어. 세상이 완전히 썩었다는 사실은 우리 둘 다 알고 있어. 하지만 그 점이 세상의 붕괴나 그와 비슷한 상황을 예측할 수 있는 근거는 되지 않아. 하지만 나는 수년간 꿔왔던 꿈들을 바탕으로 결론을 내렸지. 아니면 느꼈거나. 네가 원하는 대로 생각해도 좋아. 아무튼 그 꿈들로 인해 구세계의 파멸이 다가오고 있다는 걸 느꼈어. 처음에는 아주 약하고 먼 예감이었다가 점점 뚜렷하고 강해졌지. 내가 뭔가 거대하고 끔찍한 일에 휘말리게 되리라는 것 말고는 아직 아무것도 몰라. 싱클레어, 우리가 자주 이야기했던 그 일이 닥칠 거야! 세상은 다시 태어나고 싶어해. 죽음의 냄새가 나. 죽어야만 새로운 탄생이 가능하니까. 생각했던 것보다 더 끔찍해."

나는 겁에 질려 데미안을 바라보았다.

"네 꿈 이야기를 마저 해줄 수 있어?"

내가 벌벌 떨며 물었다. 데미안이 고개를 저었다.

"아니."

문이 열리고 에바 부인이 들어왔다.

"여기에 함께 있구나! 얘들아, 설마 슬퍼하는 건 아니지?"

에바 부인은 더 이상 피곤한 기색이라곤 없이 활기차 보였다. 데미안이 부인을 향해 미소 짓자 그녀는 겁먹은 아이들에게 다가오는 어머니처럼 우리에게로 왔다.

"슬프지 않아요, 어머니. 우리는 그저 이 새로운 조짐에 대해

골똘히 생각해 보았을 뿐이에요. 하지만 상관없어요. 닥쳐올 일이 무엇이든 일단 터지고 나면 우리가 알아야 할 것이 무엇인지 밝혀지겠죠."

하지만 내 기분은 침울했다. 작별을 고하고 혼자 복도를 걸어 나올 때는 히아신스 꽃향기마저 시들고 퀴퀴한 것이 송장 냄새 같았다. 그림자가 우리 위로 드리워져 있었다.

종말의 시작

나는 여름 학기에도 H시에 머물 수 있도록 부모님의 허락을 받아냈다. 우리는 대부분 집 대신 강가 정원에서 시간을 보냈다. 일본인은 권투 시합에서 제대로 패한 뒤 떠났고, 톨스토이의 추종자 역시 사라졌다. 데미안에게는 말이 한 마리 있어, 매일 집을 나가 오랫동안 말을 탔다. 나와 데미안의 어머니 둘만 남는 경우가 많았다.

나는 가끔 내 삶이 어쩌면 이렇게 평화로울 수 있을까 신기했다. 오랫동안 혼자 지내며 금욕을 실천하고 시련과 힘겹게 씨름해 왔던 내가 아닌가. H시에서 보낸 그 몇 달은 마치 아름답고 쾌적한 환경에만 둘러싸여, 편안하고 황홀한 기분으로 지내도록 허락된 상상의 섬에 와 있는 듯했다. 이것이 우리가 상상하는 새롭고 한층 더 진화한 공동체의 느낌일 거라는 생각이 들었다. 그러다가도 불현듯 이 행복은 내 안에 깊은 슬픔을 자아냈다. 행복이 오래가지 않으리란 사실을 잘 알고 있었기 때문이다. 풍성함과 편안함 속에 숨 쉬는 삶은 내 몫이 아니었다. 내게 필요한 것은 고통과 흥분이었다. 언젠가 이 아름다운 사랑의 영상에서 깨어나, 다시 철저히 혼자가 되어 다른 사람들의 냉혹한 세상에 남겨질 것임을 느꼈다. 그곳에서 내게는 고독이나 투쟁만 있을 뿐 평화도 없고 함께 나눌 삶도 없을 것이다.

그런 생각을 하며 에바 부인 옆에 앉아 있자니 애정이 두 배로

샘솟았다. 그리고 내 운명이 여전히 이토록 아름답고 차분한 모습을 지니고 있다는 사실에 기뻤다.

몇 주일간 이어진 여름은 빠르고 편안히 흘러갔다. 학기는 벌써 막바지에 이르렀다. 곧 떠나야 했지만 나는 이별을 생각조차 할 수 없었고 생각하지도 않았다. 그 대신 꿀이 든 꽃에 날아드는 나비처럼 그 아름다운 나날에 집중했다. 지금 생각해 보면 그것은 인생에서 처음으로 만족을 느끼고 무리의 일원으로 인정받았던 행복한 시절이었다. 다음은 어떻게 될까? 또다시 투쟁하고, 갈망으로 괴로워하고, 꿈을 꾸며 홀로 남겨지겠지.

이런 예감이 강하게 드는 날이면 에바 부인에 대한 내 사랑도 고통스러울 정도로 확 타올랐다. 맙소사, 얼마 후면 더 이상 부인을 보지도 못하고, 집 안에 울리는 단호하고 멋진 발소리도 못 듣고, 내 책상 위에서 그녀의 꽃을 발견하지도 못하게 된다니! 그럼 내가 이룬 것은 무엇인가? 나는 그녀를 쟁취하고 그녀를 위해 싸우고 영원히 내 곁에 묶어두는 대신 꿈을 꾸며 만족에 겨워했을 뿐이었다! 에바 부인이 순수한 사랑에 대해 내게 했던 모든 말들이 떠올랐다. 수많은 말로 세심하게 타이르고 부드럽게 권유하며 어쩌면 약속을 했던 것도 같았다. 그 말을 듣고 나는 무엇을 했는가? 아무것도 하지 않았다! 아무것도!

나는 내 방 한가운데 서서 모든 의식을 집중하여 에바 부인에 대해 생각했다. 그녀가 내 사랑을 느끼고 내게 끌려올 수 있도록 내 영혼의 힘을 전부 모으고 싶었다. 그녀는 내게로 와서 내 포옹을 갈망해야 했다. 내 입맞춤은 그 농익고 사랑스러운 입술을 끝없이 파고들어야 했다.

나는 손발이 차가워질 때까지 그대로 서서 정신을 집중했다. 내 안에서 힘이 빠져나가는 것 같았다. 얼마 동안 내 안에 있는 무언가가 확실하고 단단하게 조여들었다. 그것은 밝고 차가웠다. 마음속에 수정을 지니고 있다는 느낌이 잠깐 들었다. 나는 그것이 내 자아라는 것을 알았다. 냉기가 가슴까지 올라왔다.

지독한 긴장에서 풀려나자 무언가가 다가오는 느낌이 들었다. 나는 죽을 것처럼 피곤했지만 에바가 눈부시고 황홀한 모습으로 방으로 들어오는 건 얼마든지 볼 준비가 되어 있었다.

도로를 따라 올라오는 말발굽 소리가 들리더니 가까이에서 거세게 울리다가 뚝 멈췄다. 나는 재빨리 창가로 갔다. 데미안이 말에서 내리고 있었다. 나는 아래층으로 달려 내려갔다.

"무슨 일이야, 데미안? 어머니한테는 아무 일도 없는 거지?"

데미안은 내 말에 귀 기울이지 않았다. 안색이 창백했고 땀방울이 이마에서 양 볼을 타고 흘러내렸다. 데미안은 숨이 한껏 차오른 말을 당겨와 고삐를 정원 울타리에 묶어놓은 뒤 내 팔을 잡고 함께 거리를 걸어 내려갔다.

"벌써 들은 거니?"

나는 아무것도 들은 것이 없었다. 데미안은 내 팔을 꽉 쥐더니 고개를 돌려 이상하리만치 어둡고 동정 어린 눈빛으로 나를 바라보았다.

"그래, 친구. 이제 시작하고 있어. 러시아와 심각한 긴장 관계에 있다는 사실은 알 테고."

"뭐? 전쟁이야? 전혀 생각도 못 했어."

가까이에 아무도 없는데도 데미안은 나직한 소리로 말했다.

"아직 선포되진 않았어. 하지만 전쟁이 나는 건 확실해. 내가 그 문제로 더 이상 널 성가시게 하지는 않았지만, 사실 그날 이후로 나는 세 번에 걸쳐 새로운 징후를 봤어. 그러니까 징후가 의미하는 것은 세상의 종말도 지진도 혁명도 아닐 거야. 전쟁이겠지. 전쟁이 어떻게 전개될지 두고 봐! 사람들은 전쟁을 즐길 거야. 지금 벌써 모든 사람이 어서 공격이 시작되기를 고대하고 있어. 삶이 너무 무료해진 거지. 하지만 이것은 시작에 불과해, 싱클레어. 어쩌면 큰 전쟁이 될지도 몰라. 대규모 전쟁 말이야. 그렇다 해도 그것 또한 시작일 뿐이지. 새로운 것이 시작되고 있어. 옛것을 고집하는 사람들에게 그 새로운 것은 끔찍한 일이 될 거야. 넌 어쩔 셈이야?"

나는 어안이 벙벙했다. 모든 말이 낯설고 믿기지 않았다.

"모르겠어. 너는?"

데미안은 어깨를 으쓱했다.

"동원 명령이 떨어지자마자 소집될 거야. 나는 소위거든."

"네가? 전혀 몰랐어."

"그래, 그것이 내 적응의 한 방식이었어. 알다시피 나는 외부의 이목을 끌기 싫어서 무엇을 하든 항상 무난하게 보이려다가 도를 넘는 경향이 있었지. 일주일 후면 난 전장에 있을 거야."

"맙소사……."

"자, 친구. 감상적으로 생각해선 안 돼. 살아 있는 사람에게 총을 쏘라고 명령하는 일이 좋지는 않겠지만 그건 중요한 게 아니야. 이제 우리는 모두 거대한 수레바퀴 속으로 들어가게 될 거야. 너도 마찬가지고. 틀림없이 징집될 거야."

"그럼 네 어머니는?"

15분 전에 있었던 일이 그제야 다시 떠올랐다. 그사이 세상이 이렇게 변해버리다니! 가장 사랑스러운 영상을 떠올리기 위해 온 힘을 쥐어짜 보았지만, 운명은 갑작스레 무섭고 끔찍한 가면을 쓰고 나타나 나를 바라보았다.

"어머니? 아, 어머니는 걱정할 필요 없어. 안전하니까. 세상에 있는 그 누구보다도 더 안전하지. 어머니를 그렇게나 많이 사랑하는 거야?"

"알고 있었니, 데미안?"

그러자 데미안은 밝고 여유롭게 웃었다.

"이봐 친구! 당연히 알지. 어머니를 사랑하지 않으면서 에바 부인이라고 불렀던 사람은 아무도 없어. 그건 그렇고 무슨 일 있었니? 네가 오늘 어머니나 나를 불렀잖아, 안 그래?"

"그래, 불렀어. 에바 부인을 불렀지."

"어머니가 그걸 감지했어. 너에게 가보라며 갑자기 나를 보내시더군. 마침 어머니에게 러시아에 관한 소식을 전했을 때였지." 돌아오는 길에 이야기를 좀 더 나누었다. 그런 뒤 데미안은 말을 풀어 올라탔다.

방으로 올라와서야 나는 데미안에게 들은 소식으로 인해, 또 그전의 긴장 상태로 인한 피곤함을 느꼈다. 하지만 에바 부인이 내가 부르는 소리를 들었다! 내 생각이 부인의 심장으로 가 닿은 것이다. 아무도 없었다면 그녀가 직접 왔을 텐데…… 이 모든 것이 얼마나 이상했는지, 그러면서도 근본적으로는 얼마나 아름다웠는지! 이제 전쟁이 일어날 것이다. 우리가 그토록 자주 이야기했던 일이 이제 서서히 일어날 것이다. 그리고 데미안은 그에 대해 아주 많은 부분을 이미 알고 있었다. 이제 세상의 흐름이 더 이상 우리를 지나쳐 어딘가로 가지 않고 돌연 우리의 심장을 통해 지나갈 것이다. 모험과 사나운 운명이 우리를 부르고 있다.

세상이 우리를 필요로 한다. 변화를 꾀하게 될 순간이 지금 혹은 곧 닥칠 거라니, 얼마나 신기한 일인가. 데미안 말대로 감상적으로 대처할 일이 아니었다. 나 혼자만의 관심사였던 '운명'을 이제 수많은 사람과, 온 세상과 공유하고 함께 겪어나가게 될 거란 사실이 경이로울 따름이었다. 그렇다면 좋다!

 나는 각오가 되어 있었다. 저녁때 시내를 걸으며 보니 여기저기 큰 흥분으로 술렁이고 있었다. 도처에서 '전쟁'이라는 말이 들렸다!

 나는 에바 부인의 집으로 갔다. 우리는 정원에 있는 정자에서 저녁을 먹었다. 손님은 나 하나였다. 아무도 전쟁 이야기를 꺼내지 않았다. 느지막이 내가 떠나기 바로 전에야 에바 부인이 입을 열었다.

 "싱클레어, 오늘 나를 불렀더군요. 왜 내가 직접 가지 않았는지 알지요? 하지만 잊지 마세요. 이제 신호를 알고 있으니 표식을 지닌 자가 필요하면 언제든 다시 부르세요!"
에바 부인은 자리에서 일어나서 황혼이 깃든 정원으로 앞서 걸어 나갔다. 신비로움으로 가득 찬 위엄 있는 걸음걸이로 침묵하고 있는 나무들 사이를 성큼성큼 나아가는 에바 부인의 머리 위로 수많은 별이 조그맣고 은은하게 빛나고 있었다.

내 이야기도 끝나간다. 상황은 빠르게 진전되었다. 곧 전쟁이 발발했다. 군복에 은회색 외투를 걸친 모습이 이상하게 낯설어 보였던 데미안은 전장으로 떠났다. 나는 그의 어머니를 집까지 바래다주었다. 머지않아 나도 작별 인사를 건넸다. 에바 부인은 내게 입을 맞추고 잠시 나를 품에 안았다. 그녀의 커다란 눈동자가 내 눈동자 속에서 다정하고 강렬하게 타올랐다.

그리고 모든 사람이 형제가 된 것 같았다. 그들은 조국과 명예를 생각했다. 하지만 그것은 운명이었고, 그들 모두는 운명의 맨얼굴을 잠깐 보았던 것이다. 젊은 남자들이 막사에서 나와 기차에 올랐고, 나는 많은 이들의 얼굴에서 표식을 보았다. 우리가 지닌 표식은 아니어도 사랑과 죽음을 의미하는 아름답고 위엄 있는 표식이었다. 또한 처음 보는 사람들에게 얼싸 안겼다. 나는 그 행동이 무엇을 의미하는지 이해했으므로 기꺼이 마주 안아주었다. 그들이 그런 행동을 하게 만든 것은 운명의 의지가 아니라 일종의 도취였다. 하지만 그런 도취는 신성했다. 짧게나마 열렬히 운명의 눈을 바라보아 생겨난 도취였기 때문이다.

내가 전장에 배치받았을 때는 벌써 겨울이 다 되어 있었다.

총격이 주는 흥분에도 불구하고 처음에는 모든 것이 실망스러웠다. 예전에 나는 이상을 위해 사는 사람이 왜 그렇게 드문지 곰곰이 생각했었다. 이제는 많은, 아니 모든 사람이 이상을 위해 죽을 수 있다는 사실을 알았다. 단지 그 이상은 개인이 마음대로 선택한 것이어서는 안 되고 누구나 공통으로 받아들일 수 있는 것이어야만 했다.

시간이 흐르면서 내가 인간을 과소평가했었다는 사실을 깨달았다. 임무와 공통의 위험이 사람들을 획일적으로 만들었지만, 그런 와중에도 나는 살아 있는 그리고 죽어가는 많은 이들이 운명의 의지에 의연하게 다가가는 모습을 목격했다. 공격할 때뿐 아니라 매 순간 많은, 아주 많은 사람이 침착하고 아득해 보이는, 약간 홀린 듯한 눈빛을 띠고 있었다. 목적을 전혀 모른 채, 상상도 할 수 없는 일에 헌신하듯 몸을 내맡겼다는 사실을 표현하는 눈빛이었다. 무엇을 생각하든 무엇을 믿든 그들은 준비가 되어 있었고, 유용하게 쓰였으며, 미래를 형성하는 바탕이 되었다. 그리고 세계가 전쟁과 영웅 심리, 명예와 다른 낡은 이상들에 집착할수록, 인류의 목소리가 점점 더 멀고 희미하게 울릴수록 이 모든 것은 표면에 지나지 않았다. 전쟁의 외부적, 정치적 목적에 대한 질문이 표면에 불과한 것과 마찬가지였다. 저 아래 깊은 곳에서 무언가가 이루어지고 있었다. 그것은 새로운 인류에 가까웠다. 왜냐하면 내가 만난 사람 중 대다수가 미움과 분노, 살인과 파괴는 그 대상과 아무 관련이 없다는 사실을 절실히 느끼며 내 옆에서 죽어갔기 때문이다. 그렇다, 전쟁의 대상도 목적처럼 우연의 일치였다. 원초적이면서 몹시 난폭하기까지 한 그 감정은 적을 향한 것이 아니었다. 그들이 저지른 학살은 자신 안에서 갈라져 나온 영혼, 즉 내면에서 뿜어져 나온 것일 뿐이었고, 그 영혼은 격분하고 죽이고 파괴하고 소멸함으로써 새로 태어날 수 있기를 원했다. 거대한 새가 알에서 나오려고 투쟁하고 있었다. 알은 세계였고, 그 세계는 산산이 부서져야만 했다.

 이른 봄날의 어느 밤, 나는 우리가 주둔하고 있던 농장 건물 앞에서 보초를 서고 있었다. 힘없이 불던 바람이 갑자기 돌풍으로 변하더니 플랑드르 지방의 높은 하늘 위로 구름 떼가 몰려왔다. 달은 구름 뒤 어디엔가 떠 있을 것 같았다. 나는 왠지 모를 불안에 시달리며 온종일 초조해했다. 지금, 어두운 초소에서 나는 이제껏 살아왔던 모습들과 에바 부인과 데미안에 대해 깊이 생각했다. 포플러에 기대서서 움직이는 하늘을 바라보았다. 하늘에서 밝은 부분이 이상하게 꿈틀거리더니 이내 커다랗게 부풀어 일련의 영상으로 변했다. 맥박이 신기할 정도로 약해지고 바람과 비를 맞아도 피부에 감각이 없었다. 정신은 잠이 완전히 깨어 말똥말똥한 상태인 것으로 보아 인도자가 내 주변에 있다는 느낌이 들었다.

 구름 속에서 커다란 도시가 보였다. 거기서 수백만 명의 사람들이 무리 지어 흘러나와 넓은 시골 지역으로 흩어졌다. 그들 가운데 강력한 신의 형상이 걷고 있었다. 머리에 반짝이는 별을 달고 산맥처럼 거대한 그 형상은 에바 부인의 모습을 지니고 있었다. 사람들은 거대한 동굴로 들어가듯 신에게로 들어가 사라졌다. 여신은 땅바닥에 몸을 웅크리고 있었다. 그녀의 이마에 있는 표식이 밝게 빛났다. 꿈에 사로잡힌 듯 보인 여신은 두 눈을 감은 채 고통으로 거대한 얼굴을 일그러뜨렸다. 갑자기 여신이 비명을 질렀고, 이마에서 수천 개의 반짝이는 별이 멋진 포물선을 그리며 튀어 올라 검은 하늘에 반원을 이루었다.

별 하나가 날카로운 소리를 내며 곧장 내게로 날아들었다. 나를 찾으려는 것처럼 보였다. 별은 수천 개의 불꽃으로 요란하게 부서지며 나를 공중으로 들어 올렸다가 다시 땅바닥으로 내동댕이쳤다. 세상이 천둥소리를 내며 내 위로 무너져 내렸다.

사람들이 포플러 근처에서 많은 상처를 입고 흙으로 덮여 있던 나를 발견했다.

나는 지하실에 누워 있었고, 그 위로 총탄 소리가 윙윙거렸다. 나는 수레에 실려 덜컹거리며 벌판을 가로질러 나갔다. 대부분 잠이 들거나 의식이 없었다. 잠이 깊이 들수록 무언가가 나를 끌어당긴다는 느낌, 나를 장악한 힘에 내가 이끌려 가고 있다는 느낌이 강하게 들었다.

나는 헛간의 건초 위에 누워 있었다. 그곳은 어두웠다. 누군가가 내 손을 밟았다. 하지만 나의 내면은 더 나아가기를 원하면서 나를 더 세게 끌어당겼다. 다시 수레에 실렸고 얼마 후, 들것 혹은 사다리에 실렸다. 내가 어딘가로 불려 가고 있다는 느낌이 점점 더 강해지더니 기어코 그리로 가야겠다는 열망 외에는 아무 생각도 들지 않았다.

목적지에 도착했다. 밤이었고, 나는 의식을 완전히 되찾았다. 그러면서 내 안에 있는 끌어당김과 열망을 강하게 느꼈다. 이제 나는 복도에 놓인 침대에 누워 있었다. 내가 부름을 받은 바로 그곳에 와 있는 것 같았다. 주변을 둘러보니 내 옆 침대에 누군가가 누워 있었다. 그 사람이 몸을 숙여 나를 바라보았다. 이마에 표식이 있었다. 그는 막스 데미안이었다.

나는 말을 할 수 없었다. 데미안 역시 말을 할 수 없는 건지, 하고 싶지 않은 건지 조용히 나를 쳐다보기만 했다. 위쪽 벽에 걸린 전구 불빛이 그의 얼굴을 비추었다. 데미안이 내게 미소 지었다.

끝나지 않을 것처럼 오랫동안 계속해서 내 눈을 들여다보았다. 이윽고 데미안의 얼굴이 천천히 내게로 다가와 거의 맞닿을 지경에 이르렀다.

"싱클레어!"

그가 속삭였다. 나는 눈짓으로 알아들었다는 표시를 했다. 데미안이 다시 미소 지었다. 연민이 어려 있는 것도 같았다.

"꼬마 친구!"

그가 미소를 띤 채 나를 불렀다. 그의 입은 이제 내 입에 아주 가까이 있었다. 데미안이 부드럽게 말을 이었다.

"프란츠 크로머를 아직 기억해?"

데미안이 물었다. 나는 눈을 깜박이고 간신히 미소도 지어 보였다.

"싱클레어, 잘 들어! 난 떠나야 해. 언젠가 크로머나 그 밖에 다른 문제에 부딪히면 너는 다시 내가 필요하게 될지도 몰라. 그때는 네가 나를 불러도 나는 더 이상 말이나 기차를 타고 거침없이 너에게 가지 못할 거야. 그럴 때는 네 안의 소리에 귀 기울여 봐. 그럼 내가 네 안에 있다는 것을 깨닫게 될 거야. 알겠지? 그리고 하나 더! 에바 부인이 만일 네가 곤경에 처하면 자신의 입맞춤을 전해달라고 내 편에 부탁했어…… 눈을 감아, 싱클레어!"

나는 순순히 눈을 감았다. 좀처럼 멎지 않는 피가 계속해서 조금씩 배어 나오는 내 입술에 가벼운 입맞춤을 느꼈다. 그러고는 잠에 빠져들었다.

아침에 누군가가 붕대를 갈아야 한다며 나를 깨웠다. 마침내 잠에서 완전히 깨어난 나는 재빨리 옆 침대로 고개를 돌렸다. 그곳에는 내가 한 번도 본 적 없는 낯선 사내가 누워 있었다.

붕대를 감는 일은 아팠다. 그때 이후로 내게 일어난 모든 일이 아팠다. 하지만 가끔 열쇠를 찾아내 나 자신 안으로 완전히 기어 내려가면 그곳에 있는 어두운 거울 속에 운명의 영상이 잠들어 있었다. 나는 그 어두운 거울 위로 몸을 숙여 나 자신의 모습을 바라보기만 하면 되었다. 나 자신의 모습은 이제 그와 똑같아져 있었다. 내 친구이면서 인도자였던 그와.

작가 연보

1877년 7월 2일, 독일 남부 뷔르템베르크 주의 칼프에서 태어남.

1881년 선교사인 부모와 함께 바젤로 이주.

1883년 스위스 국적을 취득(그 전에는 러시아 국적이었음.)

1886년 다시 칼프로 이주하여 1889년까지 실업 학교를 다님.

1890년 괴팅켄의 라틴어 학교에 입학, 뷔르템베르크 국가시험에 합격.

1891년 명문 신학교 수도원인 마울브론 기숙학교에 입학.

1892년 마울브론 수도원 기숙학교 입학 7개월만에 "시인이 되지 않으면 아무것도 되지 않겠다"면서 도망침. 6월 자살을 시도. 8월까지 슈테텐 신경과 병원에 입원. 11월에 칸슈타트 김나지움에 입학.

1894년 칼프의 시계 부품 공장에 수습공으로 일함.

1896년 튀빙엔의 헤켄하우어 서점의 일하며, 집필 시작.

1899년 《낭만적인 노래들(Romantische Lieder)》, 《자정 이후의 한 시간(Eine Stunde hinter Mitternacht)》 출간.

1901년 첫 이탈리아 여행.(피렌체, 제노바, 피사, 베네치아)

1902년 어머니 사망.

1903년 두 번째로 이탈리아 여행.(피렌체, 베네치아)

1904년 《페터 카멘친트(Peter Camenzind)》 출간. 마리아 베르누이와 결혼.

1905년 첫 아들 브루노 탄생.

1906년 《수레바퀴 아래서(Unterm Rad)》 출간.

1907년 단편집 《이 세상에(Diesseits)》 출간

1908년 단편집 《이웃들(Nachbarn)》 출간

1909년 둘째 아들 하이너 탄생.

1910년 《게르트루트(Gertrud)》 출간.

1911년 인도 여행. 셋째 아들 마르틴 탄생.

1912년 단편집 《우회로들(Umwege)》 출간. 스위스 베른으로 이주.

1913년 《인도에서. 인도 여행의 기록(Aus Indien. Aufzeichnungen einer indischen Reise)》 출간.

1914년 《로스할데(Roβ halde)》 출간했다. 제1차 세계대전 직후 군 입대를 자원했으나, 복무 부적격 판정을 받아 베른의 〈독일 포로 구호 기구〉에 복무하며 전쟁포로 및 억류자들을 위한 잡지 발행. 자신의 출판사를 만들어 1919년까지 22권의 소책자를 펴냄. 〈노이에 취리히 차이퉁〉에 "민족주의적 논방에 빠지지 말아야 한다"는 취지의 글을 써서 독일 언론과 문단의 극심한 공격을 받음.

1915년 《크눌프 : 크눌프 삶의 세 가지 이야기(Knulp : Drei Geschichten aus dem Leben Knulps)》 출간.

1916년 아버지 사망. 아내와 막내아들의 병으로 신경쇠약 발병. 심리치료 시작. 치료 과정의 일환으로 그림을 그리기 시작.

1919년 정치적 유인물 《차라투스트라의 귀환. 어느 독일인이 독일 젊은이들에게 보내는 한마디(Zarathustras Wiederkehr. Ein Wort an die deutsche Jugend von einem Deutschen)》익명 출간. 이듬해 베를린에서 실명으로 재출간.《데미안. 한 젊음의 이야기》를 '에밀 싱클레어'라는 가명으로 출간.《동화(Marchen)》출간. 잡지 〈새로운 독일적인 것을 위하여(Vivos voco)〉 창간 발행.

1920년 《방랑(Wanderung)》,《클링조어의 마지막 여름(Klingsors letzter Sommer)》 출간.

1921년 칼 구스타프 융에게 정신분석을 받음.

1922년 《싯다르타(Siddhartha)》 출간.

1923년 마리아 베르누이와 이혼. 스위스 국적을 재획득.

1924년 루트 벵어와 재혼.

1925년 《요양객(Kurgast)》 출간.

1926년 《그림책(Bilderbuch)》 출간.

1927년 《뉘른베르크 여행(Die Nurnberger Reise)》,《황야의 이리(Der Step penwolf)》 출간. 루트 벵어와 이혼.

1928년 《관찰(Betrachtungen)》 출간.

1929년 시집 《밤의 위로(Trost der Nacht)》 출간.

1930년 《나르치스와 골드문트(Narziβ und Goldmund)》 출간.

1931년 니논 돌빈과 재혼. 몬타뇰라에 정착.

1932년 《동방순례(Die Morgenlandfahrt)》 출간.《유리알 유희(Das Glasperlenspiel)》 집필.

1934년 시선집 《생명의 나무에서(Vom Baum des Lebens)》 출간.

1936년 《정원에서 보낸 시간(Stunden im Garten)》 출간.

1937년 《기념첩(Gedenkblatter)》 출간.

1939년 제2차 세계대전 발발 후 1945년 종전까지 독일에서 '헤르만 헤세 작품 출판 금지령'이 걸림(《수레바퀴 아래서》《황야의 이리》《관찰》《나르치스와 골드문트》의 인쇄 중단). 스위스 프레츠 운트 바스무트 출판사에서 전집을 펴냈다.

1942년 《시집(Gedichte)》 출간.

1943년 《유리알 유희(Das Glasperlenspiel)》 출간.

1945년 《꿈의 여행(Traumfahrte)》 출간.

1946년 《유리알 유희》로 노벨문학상, 프랑크푸르트 시의 괴테상을 수상. 《전쟁과 평화(Krieg und Frieden)》 출간. 독일에서 헤세의 작품이 다시 출간되기 시작.

1951년 《후기 산문(Spate Prosa)》과 《서간집(Briefe)》 출간.

1954년 동화 《픽토르의 변신(Piktors Verwandlungen)》, 《헤르만 헤세 – 로망 롤랑 : 서한집(Briefwechsel : Hermann Hesse-Romain Rolland)》 출간.

1955년 산문집 《마법(Beschworungen)》 출간.

1956년 '헤르만 헤세 문학상'이 제정되고, 재단 설립.

1962년 8월 9일 뇌출혈로 스위스 몬타뇰라에서 사망. 아본디오 묘지에 안치.

살면서 꼭 읽어야 할 데미안

발행일 초판 1쇄 2023년 12월 12일

지은이 헤르만 헤세 **옮긴이** 김지영
펴낸이 강주효 **마케팅** 이동호 **편집** 이태우 **디자인** 하루
펴낸곳 도서출판 버금 **출판등록** 제353-2018-000014호
전화 032)466-3641 **팩스** 032)232-9980
이메일 beo-kum@naver.com
블로그 blog.naver.com/beo-kum
제조국 대한민국
주의사항 종이에 베이거나 긁히지 않게 조심하세요.

ISBN 979-11-978983-4-1 43850
값 14,000